鷗外《オウガイ》青春《セイシュン》診療録控《シンリョウロクヒカエ》

千住に吹く風

山崎光夫

中央公論新社

鷗外　青春診療録控　千住に吹く風

目次

鷗外　青春診療録控

千住に吹く風

第一話　千住に吹く風

一

昨夜の雨もあって庭の飛び石の表面は滑りやすかった。林太郎《りんたろう》（のちに鷗外《おうがい》と号す）は足を取られないように注意深く歩を進めた。

そのとき、前方に人の気配を感じて林太郎は顔を上げた。妹の喜美子《きみこ》が庭の木陰に佇《たたず》んでいた。足元にばかり気をとられていたので、喜美子がいたのには少し驚いた。

「どうした、喜美子。学校はいいのか」

思わずそんな言葉が口をついて出た。喜美子は地元の小学校に通っていた。

「今日は学校の都合でずいぶん前に帰っています」

喜美子はそう返事をすると、

「お兄さんこそどうされたのです。お庭にお一人で」

と問いかけた。

「なに、ちょっと、盆栽の様子を見たくて」

盆栽はとっさの思いつきである。さしたる用事はなく庭に出たのだった。しかし、庭の植木や鉢植えは気になっていていつも眺めてはいた。

父、静男《しずお》は園芸が趣味で庭の造作《ぞうさく》に気を配り、日ごろ、庭木や鉢物、盆栽などの手入れに余念がなかった。熱中して来院の患者を待たせることもあるほどだった。

林太郎は意味もなく鉢植えの石榴《ざくろ》の枝に手を伸ばし、その楕円形《だえんけい》の葉をもてあそんでみた。

「そうでしたか」

つぶやきながら喜美子は林太郎の手元を見つめていた。

「そうだ、喜美子。ちょっと外に出かけてみようか」

「外？　お散歩ですか」

喜美子は意外な様子だった。

「どうだ、行ってみるか」

「急なお話ですね」

喜美子はまだ戸惑《とまど》いを見せている。

林太郎のほうも自分ながら急な話だと思った。思いつきで行動に移す性格ではなかったからだ。

「では、お母様《かあ》にお伝えしてきます」

喜美子は家に戻ろうとした。日ごろ、外出するには親の承諾が必要だったし、しかも普段着で出てはなおさら叱られそうだった。その上、庭下駄は鼻緒がゆるんで歩きにくかった。

「いや、それはいい」

林太郎は手を振って制した。

出かけよう、と林太郎は裏門を出て、吊《つ》り橋を下ろした。家の裏手は幅二メートル弱の深い溝になっていて、そこを渡るには備えつけの吊り橋を下ろす必要があった。

橋を渡ると、林太郎は右手の南の方角に歩いた。あたりは藁葺《わらぶ》きの農家が二、三軒建っているだけだった。表門からなら、路地を西に向かって進むと、すぐに日光街道の宿場町に出る。江戸四宿《ししゅく》の一つ、旧千住宿《せんじゅじゅく》である。しかし裏門の周囲は畑と田んぼが広がり、畦道《あぜみち》には下枝を払った榛《はん》の木が点在していた。

林太郎に行き先のあてはなかったが、早足の癖がつい出てしまった。喜美子は遅れ、歩きにくい下駄のせいもあって、林太郎は何度となく足を止めて待たねばならなかった。

「お兄さん、遠くまでいらっしゃるのですか」

不安そうに喜美子がたずねた。ゆるんだ鼻緒も気になるようだった。

「いや」

もう少し行ってみよう、と林太郎は歩き始めた。

やがて堤防が見えてきた。掃部堤《かもんづつみ》だった。分かれ道を右のほうに進めば、やっちゃ場（青物市場）や千住大橋に出る。

その道筋のかたわらに茶屋が店を出していて、「茶処」の旗が風になびいていた。

「少し、疲れたな」

休もう、と言いながら林太郎はもう茶店に上がり込んでいた。店には客はいなかった。

「はい。お兄さん」

喜美子は喜びながら林太郎につき従った。

林太郎は板張りの一角に陣取り、葛餅《くずもち》を二人前注文すると、店番をしていた七十がらみの婆《ばあ》さんが、

「はーい、ただいま」

とうれしそうに返事をかえした。

喜美子は茶店の手すりに寄って隅田川《すみだがわ》のほうを眺めた。そのはるか向こうには、以前住んでいた向島小梅村《むこうじまこうめむら》があるはずだったが、霞《かす》んで何も見えなかった。手すりの下のほうに目を転じると、石の水槽に水が噴き上げているのが見えた。

「お兄さん、下のほうをちょっと見てきます」

と喜美子は言った。

林太郎は手枕して横になりながら、

「気をつけて行ってくるんだよ」

とこたえた。

土手から吹き上げてくる夏にしては涼しい風が心地よく頬《ほお》を撫《な》でている。急に睡魔が襲ってきた。

二

目を閉じると、茶店の旗の翻る音ばかりが林太郎の耳に届いていた。

昨夜、母の峰子《みねこ》と交わした話が甦《よみがえ》ってきた。

「林《りん》さん、どうしたものでしょうね」

数え三十六歳の若い母は裁縫の手を休めて林太郎を見つめた。母とはいえ、遠慮がちだったのは長男に気を遣っているせいだろう。

どうしたものだろうというのは、林太郎の将来の話である。

この年——明治十四年（一八八一）七月、数え二十《はたち》（満十九歳）の林太郎は東京大学医学部を卒業して父の診療所を手伝っていた。それ以前から時々、代診の真似事をしていたが、今では日常的に診療に携わっていた。

「はい。分かっています。母上」

林太郎は神妙にうなずいた。

「何か当てはあるのですか」

「なくはありません」

ないとは言いたくなかった。さりとて、あるとも断言できない。打開策を見つけねばならなかった。

森家は代々医術をもって藩主に仕えてきた家柄だった。だが、代を引き継ぐうち、失態や身分の降格などにより家運は低迷していた。これを挽回《ばんかい》して、森家再興を図るのが嫡男、林太郎に課せられた命題だった。

「上手《うま》く運ぶといいのですが、林さん」

「努力してみます」

故郷の石見《いわみ》・津和野《つわの》の家を手放して、一家をあげて上京したのである。その挑戦を無にするわけにはいかなかった。ここで沈んでは先祖に申し訳が立たないのである。

立身出世の証《あかし》は、海外留学だった。だが、林太郎の卒業時の席次は同級生二十八人中、八番という不本意な成績だった。二番以内に入らねば文部省からの官費留学の可能性はなかった。

「母上、わたしはまだ留学を諦めていません」

「そうですか。待っていますよ」

母はふたたび縫い物を始めた。

林太郎はその器用な針の動きを見つめながら、さらに知恵を絞り、何かよい道を探さねばならないと肝に銘じた。

三

そのとき、声をかけられたような気がして林太郎は目を開《あ》けた。板張りの床に陽光が反射していた。一気に光が網膜を眩《まぶ》しく刺激し、林太郎は手をかざして遮《さえぎ》った。

かたわらで、喜美子がしきりに葛餅を頰張っていた。

「お兄さん、お先にいただいています」

喜美子は箸を休めずに言った。

「ああ、かまわない」

林太郎は欠伸《あくび》をしながら起き上がり、

「下のほうはどうだった」

と盆の茶を口にした。

「とてもきれいな水が湧き出ていました」

「そうだったか」

茶を飲み干し、林太郎は何気なく出口のほうに目をやると、髪を櫛巻《くしま》きにして、派手な後ろ姿の小柄な女が座っているのが見えた。蜜のかかった葛餅二皿を横に置いて、手持ち無沙汰《ぶさた》にぼんやりしている。

林太郎はその女とどこかで出会ったような気がした。

——誰だろう……。

そのとき、振り向いた女と目が合った。

色白で面長な顔には、どこか思わせぶりな眼差《まなざ》しがあった。

女は驚いた風に背筋を伸ばし、目を見開いたまま林太郎を凝視した。それから、ゆっくりと会釈《えしゃく》した。

——あの女か。

女は数日前に父の診療所、橘井堂《きっせいどう》医院に訪れた患者だった。

そのとき、林太郎は庭に出て雑草をむしっていた。午後の診療時間も終わりに近づいたころだった。すると調剤室の窓が開き、書生の山本一郎が顔を覗《のぞ》かせ、

「女患者なのですが、若先生に診《み》てもらえませんか」

と声をかけた。父は所用で外出していた。

「もうすぐ父が帰ってくるから」

林太郎は診療の疲れもあり、気が進まなかった。

「そうなんですが、ずいぶん待たせてしまっています」

「そうか」

「ぜひ診てください」

「わかった」

と言いながら、林太郎は庭の作業を中断して調剤室に戻った。

「どんな症状の患者なのかな」

林太郎はあらためて山本にきいた。

山本は信州出身の二十三歳。漢方の心得はあるが、医師の資格はない。医術開業試験を受ける準備中である。この時代、医者になるには医学部を卒業するか、医術開業試験に合格するかのどちらかだった。山本は雑用係ながら、ときおり代診に従事していて、万事、慎重な性格である。

「女のいうには、おなかに違和感を覚えていて、最初の医者には腹膜炎を疑われ、次の医者には癌《がん》ではないかといわれたそうです。ここに来るまでに、近所の医者を二、三軒回ったようなのですが……」

「そうか」

きみは診たのか、と林太郎は土で汚れた指や手を丁寧に洗いながらきいた。

「診ました。とりたてて異常はありませんでした。肝臓病を疑いましたが、酒は嗜《たしな》むほどで、栄養は中程度。何も悪性腫瘍《しゅよう》を疑う部分はありませんでした」

と言った。

「どこから来た患者なのかね」

タオルで手をふきながらきいた。

「五丁目に住む仕立屋《したてや》の後家さんです」

子がなくて、夫に先立たれてから裁縫で生計を立てているという。

「では、診てみよう」

林太郎はゆっくりと診察室に入った。

二十二、三歳の女が診察台のかたわらに座って待っていた。

診察室は南向きの明るい十帖ほどの広さの畳の間で、窓際に漆塗りの古風な机と医師用の椅子が置かれている。

髪を櫛巻きにした派手な着物姿の女が、林太郎にうるんだような目を向けた。

「患者さんを診察台に寝かせてくれたまえ」

と林太郎は山本に命じながら、両手をこすり合わせた。腹診《ふくしん》するときに患者に冷たくないようにとの準備だった。

すると、女は壁のほうを向いて、前掛けや着物、帯、紐《ひも》を順々に解いていった。衣擦《きぬず》れの音がしばらく続いた。

やがて、女は襦袢《じゅばん》一枚で診察台に仰向《あおむ》けになると、恥じらいを含んだ目で林太郎を一瞥《いちべつ》してから目を閉じた。

「それでは拝見します」

林太郎はもう一度両手を強くこすり合わせて温めてから襦袢をまくった。女の胸から腹部にかけて露《あら》わになった。腫瘍や腹水《ふくすい》に気を配りながら、胸から腹部全体にかけて手のひらを這《は》わせた。白く弾力を帯びた艶《つや》のある肌が手のひらに吸いついてきた。

それから聴診器を腹部にあてがいつつ、左手で脈を診た。

診終わって、

「なるほど」

と林太郎はつぶやいた。

そして、山本を手招きして聴診器を渡し、聴診と脈診を命じた。

言われるまま、山本は脈を取りながら聴診器に耳を澄ませた。やがて、林太郎のほうを向いて目でうなずいた。

そこで、林太郎は女の耳元に診断結果をささやいてから、女に退室を促した。

女は黙って衣服を身に着けると、丁重にお辞儀をして診察室を出て行った。

女が医院から立ち去るころを見計らって、林太郎は山本に言った。

「確かに腫瘍にはちがいない」

そして、一拍置いて、

「だが、これは生理的腫瘍だ」

とつけ加えた。

林太郎が女患者に下した診断は、妊娠だった。

山本はまだ信じられないというような面持ちで、神妙にうなずいていた。

「しかし、先生、あの女は後家さんで、独り身ですよ」

山本はなおも林太郎の診断を咎《とが》めるような口調だった。

「後家だからといって妊娠しないとは限らない」

林太郎は冷静だった。

——分かるだろう。

と言いたいところだったが、さすがにそれは控えた。

「腹に当てた聴診器で胎児の心音がきこえただろう。母親の脈より速いので違いは明白だ」

「それはそうなのですが……」

山本はまだ納得できない様子だった。後家の身に妊娠は初めから想定していなかったようだ。妊娠を見逃して恥じ入っているらしい。だが、複数の前医も気がつかなかったのだから、落胆したり不名誉に思う必要はなかった。

「腹膜炎を疑った医者に、腹水を抜き取ると称して針を突き立てられなくて幸いだった。刺されでもしたら……」

とロにして、林太郎は目を閉じ頭を横に振った。胎児に危害が及ばなかったのは不幸中の幸いだと思った。

四

そのときの五丁目の女患者が今、茶店を出て行こうとしていた。そそくさとした急な態度の変化だった。帰り際、女はふたたび林太郎に深くお辞儀をすると、葛餅代を置いて帰っていった。あとには、手つかずの葛餅二皿がそのまま残った。

店の婆さんは葛餅代を手のひらに置いたまま、怪訝《けげん》そうに女を見送っていた。

「お兄さん、召し上がらないのですか」

喜美子は一皿食べ終わっていた。

「とても美味《おい》しい葛餅ですよ」

「そうか」

食べ残しのないきれいな皿を見て、林太郎は喜美子がよほど気に入ったのだと思った。

「それなら、おれの分も食べなさい」

そう言いながら、林太郎はかたわらの冷めた茶を口にした。

「よろしいのですか」

「ああ。おれはいい」

すると、喜美子はうれしそうに二皿目を手にした。

だが、いざ食べようとして、急に笑いがこみあげてきたようだった。くすくすと笑いが止まらない。

「どうした」

林太郎は何がおかしいのか分からない。

「わたしに二皿はとても無理です。お兄さん」

と喜美子は箸を持った手で口をおおいながら笑った。

「それもそうだな」

「それと、今日、初めて笑いました」

言いながら喜美子はさらに笑いがこみあげていた。

「そうだったか」

林太郎もなぜかつい、つられて笑った。

「お兄さんも笑いましたね」

喜美子は一大発見したように楽しそうだった。

「それは……、おれだって笑うさ」

しかし考えてみれば、このところ笑ったことなどついぞなかった。おのれの進路と森家再興のことばかりに気をとられている腑甲斐《ふがい》ない自分を見つめる日々が続いていた。

「全部食べられないなら残せばいい。買い足して土産《みやげ》にするのはどうだ」

と林太郎は明るく提案した。

「安心しました、お兄さん」

そう言うと、喜美子は二皿目の葛餅に手をつけた。

やがて、喜美子は、

「美味しくいただきました」

と箸を置いた。半分以上残っていた。

「よし、帰ろう」

林太郎は立ち上がって、店の婆さんに土産を頼んだ。婆さんは残った葛餅と新たな二人前を一緒にして経木《きょうぎ》に包んでくれた。それを持参したハンケチに包んで喜美子が持った。

「あら、鼻緒が直っています。お兄さん」

喜美子は驚いたように言った。

「そうか。お婆さんがすげかえてくれたのだ」

と林太郎は応じ、婆さんに、ありがとう、と伝えた。

「歩きづらそうでしたから、直しておきました。お客さんの履き物の点検は店番の役目です」

と婆さんは鼻緒を結ぶ仕種《しぐさ》をしてみせた。

林太郎と喜美子が茶店を出るのと入れ違いに、三十がらみの若い男があらわれ、慣れた感じで板の間に上がり込んでいった。婆さんが軽い身のこなしでその後を追った。

帰り道、しばらく歩いたところで、林太郎は足を止め、

「どうだ、下駄の履き心地は」

と喜美子の足元に目をやった。

「お婆さんが鼻緒を上手《じょうず》に直してくれましたので、とても履きやすくなりました。足も軽くなった気がします」

喜美子は足踏みしてみせた。

「お兄さんのはいかがですか」

「おれのはもともと履きやすい。今度は、日をあらためて堀切《ほりきり》のあたりに行ってみよう」

綾瀬川《あやせがわ》を渡った先にある菖蒲園《しょうぶえん》が有名だった。

「わたしに歩けるでしょうか」

「なに、行けるとも。向島に行くよりは近い」

「そうですわね。お兄さんとなら、行ってみたいと思います」

喜美子は楽しそうに口にし、故意に下駄を鳴らして先を歩いた。

五

家まで残り半分というあたりにさしかかったときだった。

「お兄さん。大丈夫でしょうか」

と喜美子は急に足を止めた。

「どうした」

林太郎も立ち止まった。

「わたし不安です。黙って外出しました。お母様に叱られます」

「そんなことか」

確かに母親は日ごろから、礼儀や服装、外出などに厳格だった。

「おれが誘ったのだ。喜美子は心配無用だ」

喜美子を安心させるために、林太郎は笑ってみせた。

それでも不安そうな喜美子の足取りはついおぼつかなくなった。

やがて細い路地に入る。そして、いつしか家の前に着いた。

「これは、母上、待っていてくださったのですか」

林太郎は裏門口に立っている母の峰子を目ざとく見つけて言った。

「ごめんなさい。お母様、ただいま帰りました」

喜美子も素早く挨拶した。

「お帰りなさい。喜美子は散歩のお供をしていたのだね」

「そうです。お母様」

喜美子はそう言って、

「これ、お土産です」

とハンケチの包みを手渡した。

「お土産があるのかい」

驚いたように峰子は包みを受け取った。

「お兄さんに葛餅をご馳走していただきました。とても美味しくいただきました」

「それはよかったね。どこへ行っていたのだい」

「掃部堤《かもんづつみ》のほうの茶店です」

「あんなところまで行ったのですか」

峰子は言いながら家の中に入った。若い母の足取りは軽かった。

その日、夕食後に四角の葛餅を三角に切って食卓に用意した。

「珍しい物を土産に買ってきたものだ」

と父の静男は美味《うま》そうに葛餅を口にした。

「わたしは東京に出たてのころ、食べたことがあるよ。懐かしいな」
八、九年前の話だというから静男が三十八、九歳だった。
母の峰子は、祖母に、

「柔らかいのでお祖母様《ばあ》もお召し上がりませ」

とすすめた。六十三歳の祖母はこのところめっきり歯が弱っていた。

「ありがとう」

と祖母の清《きよ》は礼を言いながら、葛餅を二口ほど頬張った。

「美味《おい》しい葛餅だけど、お国の黄粉《きなこ》のような出来だとなおいいがね」

これが祖母の感想だった。

すると、峰子が、

「また、お祖母様のお国自慢が始まった」

と笑うと家族一同に伝染し、ひとしきり食卓は笑いに包まれた。

しばらくして、林太郎は、

「そうだ。ようやく思い出した」

と話し始めた。葛餅について微《かす》かな記憶が甦っていた。

「寄宿舎の友人たちと池上《いけがみ》の本門寺《ほんもんじ》に出かけたときだった。友だちは美味しそうに葛餅を食べたのに、わたしは食べそびれてしまい悔しい思いをしたものだ」

と学生時代の昔話を語り、林太郎は茶店から持って帰った葛餅を口に運んだ。

何気なく買ってきた宿場町の葛餅で、森家は久しぶりになごやかな団欒《だんらん》を過ごした。

六

書生の山本一郎が不思議な話を仕込んできた。

「若先生、後家さんの相手が分かりました」

と言った。

「例の生理的腫瘍が見つかった仕立屋の後家さんです。腫瘍を作ったのは金蔵寺《こんぞうじ》の住職だという話です」

山本は秘密めかして声を落としていた。

以前その患者があらわれたとき、山本は妊娠を見抜けなかったことを恥じ、落胆していた。以来何となく気になっていたのかもしれない。金蔵寺といえば、千住宿で働く遊女たちが亡くなると、手厚く葬り供養する良心的な寺として地元では敬われていた。

林太郎は黙っていた。噂話《うわさばなし》というものは人を卑屈にもし、悪人にもするもののようだ。書生が悪い噂話をききつけたような気がして、あまりいい気持ちがしなかった。

だが、話はかなり具体性を帯びていて、金蔵寺の住職がその相手という。聞き流すわけにはいかなかった。

――まさか。

と林太郎は思った。住職とは知らない間柄ではなかった。近所の寺であり、出会えば挨拶もする。世話焼きの好人物で、六十を過ぎた清廉《せいれん》な人だった。こんな話はにわかには信じられない。

「誰がそんな噂を流しているのだ」

「誰って、若先生、噂ではありません。後家さん、本人です」

「あの患者がいっているのか」

「そうです。わたしも耳を疑いました。誰かに問い詰められ、隠し通せなくなり、とうとう白状したらしいのです」

驚きました、と山本はいまさらのように目を見開いてみせた。

「若先生、この話には続きがあります。この艶話《つやばなし》をきさつけた、やっちゃ場の若い衆が住職に問いただしたのです。真実はどうなのかと」

山本はここで故意に一呼吸、置いた。

「何と住職はその話を否定しないのです」

「どういうことだ」

林太郎にも不可解に思えた。

「住職がいうには、その女がそういうならきっとそうでしょう、と否定しないのです。住職と後家の密通話ですからね。住職にとってはこれ以上の不名誉はないと思います。真っ先に否定していいはずです」

それなのに住職は平然としているのです、と山本は解《げ》せない様子だった。

納得がいかないのは林太郎も同様であった。

七

その日、橘井堂医院の午前中の診療が終わって、林太郎は父の静男に、

「今日、午後に金蔵寺のご住職のところに往診に出かけられますね」

と問いかけた。住職は血圧が高く、もう長い間父の世話になっていた。

「その予定だ」

静男は診療録を整理しながら応じた。

「父上、同行してよろしいでしょうか」

「同行？　かまわないが」

と静男は診療録から目を離して林太郎を見つめた。

「今日は急にどうしたのだ」

「ちょっとご住職に会ってみたいのです」

林太郎は院長の父の下で臨床の研修に励んでいたが、往診にはあまり積極的でなかった。しかし、その日は仕立屋の後家との艶聞《えんぶん》を住職に直接きいてみたいと思ったのである。

「珍しいこともあるものだな」

父は住職の往診になぜ同道したいのかが分からない様子だった。どうやら、この噂話はまだ父の耳には届いていないようだ。

——話しておこう。

と林太郎は思った。この際と考え、住職に会いたい理由をかいつまんで父に伝えた。

「そうか。そういう理由があったのか」

父は納得したようだった。

「いかがですか」

林太郎は父の意見がききたかった。

「またか、と思った」

「それはどういう意味ですか」

「これで三度目だ」

「えっ、住職の不善が三度目だというのですか」

林太郎は信じられなかった。

「そうだ」

父はさして表情も変えずにうなずいた。

「清廉潔白な人かと思っておりました。じつに残念です」

「住職は潔白すぎるくらいの人だ」

「どういうことです、父上」

林太郎は分からなくなった。

「艶話は相手がいてこそ話が成立する。その相手に事情があれば、その事情話が一人歩きする。住職は艶話を否定も肯定もしなかったはずだ」

父は淡々と話した。

その通りだった。山本の話では、住職は、その女がそういうならきっとそうでしょう、と否定はしなかったと言っていた。

「仏の世界に、不思善不思悪《ふしぜんふしあく》という言葉があるときいたことがある。善悪を考えずにそのまま受け入れるという。そうすると仏心に出会えるらしい。住職は艶聞のすべてを受け入れる構えだ。それが、あの後家さんが本当の自分に出会う道筋ともなると考えたのだろう」

父はひとしきり話してから窓際に寄り、庭を眺めた。そこには静男本人が日ごろ、丹精込めた庭木や盆栽が並んでいた。

「女を診たら妊娠を疑えという。女性本人が、自分の妊娠に気づかない例も少なくない。このたび、林太郎が先入観なくあの患者の妊娠を正しく診断したのは立派だった」

父は院長の顔になっていた。

「恐縮です」

林太郎はこの国の最高学府の東大医学部で最新の西洋医学を学んだ。だが、実地の医学では、漢方と蘭学を学んだだけの父に遠く及ばなかった。それが現実だった。

「どうする、金蔵寺に行くか。住職に仏心を問うてみるか」

父はあらためてきいた。

「いえ、結構です。別の機会にお願いします」

林太郎は一礼して診察室を出た。噂話に踊らされた自分を恥じていた。

しばらくして風の便りに、例の後家の仕立屋を、あたりを気にしながらしばしば訪ねている若い男がいるとの評判がきこえてきた。

——あのときの三十がらみの男か……。

喜美子とともに訪ねた茶店で、後家は葛餅二皿を置いたまま、そそくさと帰った。その後、若い男があらわれ、慣れた感じで上がり込んでいった。

あのとき、二人は逢瀬《おうせ》の約束をしていたのかもしれない、と林太郎は想像した。だが、すぐに頭を振って、そんな詮索《せんさく》より、喜美子と交わした堀切への散歩の約束を果たさねばならないと思った。

第二話　夢のつづき

一

襖《ふすま》の向こうで人の気配がして、林太郎は手にしたドイツ語の医書から目を離して様子を窺《うかが》った。

「林《りん》さん、お客さんがお見えですよ」

と声がした。

すぐに襖が開き、

「賀古《かこ》さんですよ」

と母の峰子が言った。

「どうぞ、通してください」

と返事をしつつ、林太郎は医書を閉じて、置時計に目をやった。約束の時間から一時間ほど遅れている。

やがて賀古鶴所《つるど》があらわれた。体格の良い大男の登場で、部屋が狭くなったような気がした。医学部の同級生だった男で、七歳年上である。

「いま、そこで妹さんと話をした」

と賀古は部屋に入るなり言った。

「喜美子か」

「ああ。喜美子さんは面白い人だな」

二十七歳の大の男が十二歳の少女を相手に、面白い人だ、もないものだと思いつつ、林太郎は微苦笑を禁じ得なかった。

林太郎は賀古に気を許している。ほとんど警戒心なく話せる友人は賀古くらいなものだった。そうした親しみを感じている賀古に、妹の喜美子が楽しげに話をするのは、親愛の情の伝染としか説明のしようがない。二人の会話する姿は想像するだけで微笑《ほほえ》ましくもあった。

「何を話していたのだ」

まさか一時間も話し込んだとは思えない。

「何って、特別の話はない。千住の祭りのこととか、アイスクリームの話だとか」

「アイスクリーム？」

最近、日本でも新しく発売されるようになった氷菓子だった。

「アイスクリームを食べてみたいといっていた」

「贅沢《ぜいたく》な話だ」

林太郎さえ食べた経験はなかった。どこでそんな高級菓子の話を仕入れてきたのか不思議に思えた。

「それと、算術の話は面白かったな」

「算術？」

「問題を出された」

「ほう」

林太郎は興味が湧いた。喜美子にしては珍しい関心事である。

「リンゴが四個ある。これを三人で分けると、一人はどれだけのリンゴにありつけるかという問題だ」

賀古は楽しそうに口にした。

「一個と三分の一ではないのか」

林太郎は当たり前の答えを言った。

「それが違うのだ」

「違う？」

あり得ない話である。

「一個だという」

「なぜだ。計算が合わない」

「まったくだ。余った一個は後から遊びに来る友だちにあげるから、一人一個になるという」

おれは何も反論できなかった、と賀古は笑った。

「そんな頓智話《とんちばなし》をしていて一時間も遅れたのか」

林太郎は冷やかしていた。

「いやいや、そう茶化すな。道に迷ってしまった。何度も来ているのだが……」

と賀古は気まずそうだった。

林太郎は神田のほうからわざわざ徒歩で来てくれた友人の顔を、あらためて見つめた。頬骨《ほおぼね》が突き出ていて、赤みをおびた四角い顔である。この無骨な大男を前にすると、寄宿舎で同室になった初日の忘れがたい思い出が甦《よみがえ》ってきた。

二

林太郎が東京大学の医学生だった十五歳のとき、賀古と同室となることが決まった。

当時、寄宿舎の学生たちには硬派と軟派が存在した。軟派は根津あたりの悪所《あくしょ》通いをし、硬派は弊衣破帽《へいいはぼう》で乱暴を働き、ときに年少者や美少年を性愛の対象にした。

明治七年（一八七四）に林太郎が医学校に入学したときは十三歳だったが、入学資格に満たなかったため二歳水増しして出願し、合格した。出発点から最年少であり、しかも小柄でもあったので硬派からは恰好《かっこう》の標的になっていた。急接近や誘い、夜這《よば》いは跡を絶たなかった。そのために、防御手段として常に懐《ふところ》に短刀を忍ばせていたほどだった。

賀古は硬派中の硬派として知られた存在で、誰もが一目置いていた。

その賀古と相部屋になった。

――選《よ》りによって……。

林太郎は部屋割り係を呪った。

引っ越しの日、林太郎は牢屋の大部屋に入るような気分だった。

賀古は年季の入った机の前に腕組みして、胡坐《あぐら》をかいて陣取っていた。まるで牢名主である。下から林太郎を見上げる恰好で睨《にら》んでいた。

「どうだ、この部屋は」

と低く威圧するような声できいたかと思うと、突然、

「ははは」

と大きく口をあけて笑った。その笑い顔は四角い顔に似合わず愛嬌《あいきょう》があった。

――悪い奴ではないようだ。

林太郎の感想だった。身構えるような気持ちでいたが、少しは解放されていた。

「これから、よろしく」

と林太郎は不愛想に応じた。

「おれを馬鹿な硬派連中と一緒にしているかも知れんが、おれはそんな輩《やから》とはちがう」

と賀古は手を振ってみせた。

林太郎はうなずいてから、持参した書物や教科書、筆記用具などを自分用の机に整理し始めた。子どもの頃から物を散らかしておくのが嫌いな性分で、整理整頓しないと気がすまなかった。

大学に進学してからは、学科用のノートと学科外のノートは別にしてある。その日の講義に出た術語は、ギリシャやラテンの語源を調べた。語源を調べると術語も覚えやすく、赤インキでページの縁《ふち》に注を入れた。

日々の記録は日記に残し、またそれとは別に、学科とは関係のない読書から得た雑多な知識の備忘録をつけていた。備忘録には、自分でも生意気に思えるが、その厚手の表紙に「紺珠《かんじゅ》」と篆書体《てんしょたい》で記した。手で撫《な》でると記憶が甦るという紺色《こんいろ》の珠《たま》が紺珠である。

賀古は、林太郎が黙々と持参した書籍類を整理するのを、冷ややかに眺めていた。

やがて、賀古は丁寧に積み上げられた和綴《わと》じの冊子に目を止め、手にとると表紙から繰り始めた。

「それは『貞丈雑記《ていじょうざっき》』という面白い本だ」

江戸時代後期の有職故実書《ゆうそくこじつしょ》で、貸本屋から借りていた林太郎の愛読書の一つである。滝沢馬琴《たきざわばきん》や山東京伝《さんとうきょうでん》などの小説類は卒業していて、興味はこのような歴史随筆類に移っていた。

「そんなに面白そうには思えないがな」

「公家や武家の儀礼、法令、装束などを研究する学問について書いてある」

「変わった書物に興味があるのだな。医学と関係ないではないか」

賀古は冊子を見るともなしに繰りながらきいた。

「何かするために読んでいるのではない」

「おぬしはおかしな読み方をするのだな」

「読みたいから、読む。学びたいから、学ぶ」

林太郎はそう答えた。学問する目的がそこにあるような気がしていた。

するると、賀古は、ふんと鼻先で笑い、

「それにしても、変わった面白い小僧と同室になったものだ」

と冊子を投げ返した。

これまで親しく口をきいたこともない相手で、しかも同級生であるにもかかわらず、面白い小僧だとの評はずいぶん失礼ではないか、と林太郎は憤慨した。しかし一方で、なぜかこの平然とし、無邪気に笑っている年上の大男を芯《しん》から嫌悪する気にはなれなかった。

この日の夕方、初夏で気持ちがよかったせいか、賀古は林太郎を散歩に誘い神田に出た。古本屋を巡ってから両国のほうにまわり、鰻《うなぎ》屋《や》に入った。賀古は酒を頼み、一人で飲み始める。鰻が運ばれると串を抜き、蒲焼《かばやき》を一口で平らげた。豪快な食べっぷりだった。

林太郎は、

――面白い奴だ。

と思いながら、その一部始終を黙って眺めていた。

それから寄宿舎に戻ると、賀古は、

「明日の朝、起こしてくれ。小僧、頼むぞ」

と声をかけるなり、たちまち寝てしまった。

翌朝、林太郎は六時に起きて顔を洗い、読書を始める。七時に食事係の拍子木《ひょうしぎ》が鳴ったので、賀古を起こす。

「何ごとだ」

と賀古は眠そうに目を開《あ》けたものの、

「起床時間だ」

と催促しても起き上がりそうにない。仕方なしに一人で食堂に行き、食事をすませて部屋に戻った。

七時半だった。ふたたび賀古を起こしたが、相変わらず目を覚まさない。八時が日課の始まる時刻である。

八時十五分前になった。賀古はやおら跳ね起きて、洗顔と食事を終えると教場に駆け込んだ。間に合ったのだった。

――面白い奴だ。

と林太郎は胸の中で微笑んだ。

その後も賀古は林太郎に対し、何かと、面白い小僧だ、を連発した。

林太郎は林太郎で、賀古を、面白い奴だ、と思い続けていた。

面白い者同士の同室生活だった。

三

妹、喜美子の話もそこそこに、賀古は部屋の柱にもたれかかっていた背中を起こし、

「どうだ、この前の話」

決めたか、といよいよ、この日の核心に触れてきた。

「うむ……」

林太郎はうなずいた。

「悪い話ではないと思うがな」

と賀古は野太い声で促した。

「じつは……、まだ決めかねている」

林太郎は賀古に申し訳ないと思いながら返答した。

賀古は林太郎の留学を応援していて、その方法を親身になって模索していた。

文部省は卒業成績一番ないし二番の者に官費留学の道を開いていた。しかし林太郎は二十八人中、八番だった。官費留学には絶望的な成績である。

一方、賀古は二十一番だった。だが賀古の場合は、陸軍省の委託軍医生で、東大医学部を卒業したら陸軍に任官する道が初めから決まっていた。卒業後、陸軍省医務局に採用され軍医副（中尉相当官）に任官した。

林太郎は一時期、進路が決まっている賀古のそのような境遇を羨ましく感じたものだった。

「おぬしが留学に執心《しゅうしん》なのは分かっている。おれも留学すべきだと思っている。だが、現実を見ろ。文部省からの道は閉ざされている」

そこで賀古は、陸軍省から留学する方法を提案していた。巨大で強力な組織の陸軍省は優秀な人材を主にドイツに留学させていた。

「分かっている。だが……」

もう少し考えさせてほしい、と林太郎は言った。

――文部省からのドイツ留学は自分の夢だ。

いずれ夢を実現したい、と長年念願している。夢に向けて自分なりに策を講じなければならないと思う日々が続いていた。

「おぬしは」

と賀古は部屋の周囲を見回してから、声を落とし、

「こういってては何だが、こんな町の小さな医院でくすぶっている人材ではない。おぬしがその気になりさえすれば、国は喜んで迎え入れるにちがいない」

何を迷っている、と賀古は苛立《いらだ》ちを見せた。

林太郎は黙っていた。

「小池も応援しているではないか」

同級生の小池正直《まさなお》は卒業試験後、林太郎を陸軍省に推薦する書簡を軍医本部次長、石黒忠悳《ただのり》宛てに送っている。林太郎を評して、博聞強記《はくぶんきょうき》、千里の才、と激賞した内容だった。その漢文の名文に感銘を受けた石黒は、林太郎の名をよく記憶している。小池は後年、陸軍省軍医総監に就いた。

「ありがたい話なのだが……」

林太郎は重々、感謝していた。

「それにしても、おれがいまだに信じられないのがおぬしの成績だ」

賀古は赤ら顔を傾《かし》げた。

「どうして首席をとれなかったかだ。誰にきいてみても、おぬしが一番になって当然といっている。

シュルツェと反りが合わなかったのが響いたのかな」

「試験官はかれ一人ではないが……」

「理不尽な教師だった」

賀古は我がことのように怒りをあらわにした。

シュルツェはドイツ人のお雇い教師で、明治七年（一八七四）に来日し、外科を担当。東大医学部の初代外科教授に就いている。突然、習ってもいない個所の試験をしたり、反抗的な学生に退学を勧告したり、何かと学生との間で問題を起こしていた教師だった。

「それより、火事が痛かった」

寄宿舎から本郷龍岡町《たつおかちょう》の下宿屋・上条《かみじょう》に移っていた時期だった。その下宿屋が火事にみまわれた。卒業試験の最中に大事なノート類を焼失してしまったのである。勉強したくても、十分に準備できなかった。

だが、それ以上に厳しかったのは、突然にみまわれた肋膜炎《ろくまくえん》だった。胸に水がたまり、高熱が出て、結核の初期症状と判断できた。忌み嫌われていた病気のため下宿に籠もった。火事と体調不良のため万全の態勢で試験に臨めなかったのは、悔やんでも悔やみきれなかった。

「成績については、いまさら論じてもしかたない」

林太郎は静かに口にした。

「それはそうなのだが」

と賀古は悔しそうに舌打ちした。

四

そのとき、部屋の外をあわただしく走る足音がきこえ、いきなり襖が開き、

「お兄さん、たいへんです」

と妹の喜美子が飛び込んできた。勢いあまって畳に倒れこんだ。

「どうした。何があった」

林太郎は妹を抱き起こした。

「恐ろしい顔をした男の人が、今、診察室に来ました」

と喜美子は息を切らしながら言った。

「患者か」

「分かりません。とにかく怖い顔をしていました」

「そうか」

と林太郎はもう診察室に向かっていた。賀古も後に続いた。

診察室に急ぎながら、

――父は無事か。

と林太郎はそれが気になっていた。

診察室には父の静男、それに中年の女と二十歳ほどの男がいた。

父が無事で安心したのもつかの間、林太郎は、その男の顔を凝視して、

――これは……。

一瞬、化け物かとたじろいだ。

あわてていたのか、賀古は置かれていた椅子に足をとられ、椅子が音をたてて転がった。

男は口からおびただしく涎《よだれ》を垂らしている。その口は大きく開かれ、だらしなく下方に垂れていた。目も異様に見開かれている。

男は、あう、あう、と言葉にならない野獣のような声を発しながら静男に迫っていた。

林太郎は危険を感じ、

「父上、大丈夫ですか」

とそばに寄った。

「落ち着け。大丈夫だ」

ひときわ大きい静男の声が診察室に響いた。

五

患者とおぼしき男は、あう、あう、と唸《うな》り声をあげて静男にすがりついていた。顔面は血の気が失《う》せている。

脇から中年の女性がしきりに、

「先生。息子を何とかしてください」

と懇願していた。

静男は落ち着いた様子で親子に対応しつつ、林太郎に、

「下顎脱臼《かがくだっきゅう》だ」

と言った。

母親によると、男はかるた遊びに熱中のあまり、勝った喜びに大笑いし、そのはずみに顎《あご》が外れたという。飲食や欠伸《あくび》などでいきなり大口を開けた際に、稀《まれ》に起こるのが下顎脱臼だった。

「両側性《りょうそくせい》脱臼ですね」

と林太郎は応じた。左右の下顎が両方とも外れている症例だった。

「そうだ。整復《せいふく》が必要だ」

と言った。

その後の静男の言葉に林太郎は驚いた。

「やってみなさい」

と指示したのだった。

——えっ、おれが。

と思ったが、その言葉は喉元《のどもと》で呑《の》み込んだ。

当然、父が整復の見本を示すものと頭から考えていたので、その指示は意外だった。

そして、自分ながら発した返事に二度驚いた。

「分かりました」

と答えていた。下顎脱臼の整復は初めてだった。なぜ承諾したかはよく分からなかった。最高学府で学んだ自負か。同期の賀古が同席している手前の強がりか。それとも、郊外の開業医に甘んじている父への反発か。自分で自分が理解できなかった。

――できるだろうか。

林太郎は一抹《いちまつ》の不安に駆られた。静男を窺うと、壁際に母親を導き、いつもの様子と変わりがない。すっかり任せっきりだった。

分かりました、と言った手前、林太郎はもう引き下がれなかった。これまで学んできた医学知識と経験を総動員するしかなかった。外れた顎を耳の横にある顎関節《がくかんせつ》に嵌《は》め戻すのである。

林太郎は、医学部の講義で一応は習っている治療の手順を頭に描きながら、まず、ガーゼを自分の両方の親指にきつく、隙間なく、巻いていった。何重にも厚く巻かれた親指は、あたかも竹輪《ちくわ》のように太くなった。防御策を講じないと、整復の最中に親指を咬《か》まれ、場合によっては、咬み切られる恐れもあった。人の顎の力は想像以上に強いのである。

準備を終え、林太郎は椅子に座った患者に向き合った。

――これが下顎脱臼か……。

男の下顎はだらりと垂れ下がったままだった。涎が絶えず流れ出ていて、男の使う手拭いはかなり濡《ぬ》れている。

林太郎は男の正面から顎を両手で支え、

「賀古、手伝ってくれ」

と男の後頭部を固定するよう頼んだ。

賀古は要領を心得ていたようで、返事をするなり素早く位置に就いた。

「それでは、始めます」

と林太郎は誰に言うとなく宣言した。

まず、男の口に両の親指を差し入れ、他の指で下顎を支えた。顎の重みが両手に伝わってきた。

身体《からだ》をこわばらせたままの男に、

「力を抜いて楽にしてください」

と指示した。それは自分に対しての心構えでもあった。

林太郎は支えた下顎を正常な高さまでいったん押し上げ、そのまま手前、自分のほうに慎重に半転させた。そして、一気に奥に押してから、後部を強く押し下げた。

——嵌《は》まった……。

下顎が整復された感覚が両手を通して実感された。成功したと思うと、喜びとも安堵《あんど》ともつかぬ感情が胸に溢《あふ》れてきた。

林太郎は手を緩め、下顎から静かに両手を放した。男の唸り声はおさまり、顎も垂れていない。

「どうですか」

動かしてみてください、と促した。

男は身体をこわばらせながら恐る恐る顎を上下させた。

「動きます。先生！」

と男は感激して声を震わせた。それから何度か顎を上下させてみせた。顎は元の位置に戻り、涎も止まっている。

「痛みはありませんか」

林太郎は顎の動きを観察しながら問いかけた。

「ありません」

男は即答した。正常に顎が動いて話せる喜びに浸っている。

賀古も安心していかつい顔を和《なご》ませ、男の後頭部から手を放した。

「ありがとうございます。先生」

そう言う男の目から急に涙が溢れ出てきて、男は手拭いで顔を覆った。

「先生、お陰さまで助かりました」

と母親も袂《たもと》から取り出した手拭いでしきりに涙を拭いた。

母と息子は、ありがとうを繰り返しながら退室していった。

先ほどまでの修羅場のような診察室に静寂が訪れていた。

六

「やれやれ」

と静男は椅子に腰かけ一息ついて、

「あの手の患者はときおり見かける。だが、他所《よそ》では案外できないようだ」

と言った。

「そうですか……」

林太郎はただうなずいた。自分も一瞬、できるかどうか不安を覚えた。

「いまの患者も、初めの医者では嵌めてもらえなかったようだ。近所で聞きまわって、ようやくここに来た」

「下顎の整復は開業医にとって難しい施術《せじゅつ》にはいるのでしょうか」

「いや、決して難しいものではないはずだ。だが、勝手が分からないとできないし、案外面倒で、なかなか嵌まらない厄介な患者もいる」

と静男は言って、続けた。

「昔は、下顎脱臼を洒落《しゃれ》て落架風《らっかふう》と呼んでいた。秘術と称する手技《しゅぎ》がまかり通っていたものだ」

整復の大家を名乗るある人物は、患者の弱味につけ込み法外な施術料を取っていたようだ。

「だが、秘術などはない。骨格の理屈が分かっていればできる治療だ」

と静男は当たり前のように口にした。

林太郎は、しばしの休息をとっている父親を見つめながら、

——どうして自分にまかせたのか。

と素朴な疑問を感じていた。

林太郎に下顎脱臼の整復経験がないことを父は知っているはずだった。この日、たまたま診療室

に駆けつけたとはいえ、脱臼の治療を息子に任せる必要はない。むしろ、模範を示すよい機会ではなかったか。

――父上が見本を示してくだされればよかったのではないですか。

と林太郎がきこうとした矢先、賀古が横からいきなり、

「お父上はどうしてご自分で整復をなさらなかったのですか」

とたずねた。

林太郎は不意を突かれて賀古を凝視した。

静男も驚いたのか、しばらく賀古を見つめてから、

「それは」

と言いかけて、一呼吸置き、

「復習するにはよい機会だと思ったからだ」

と言った。若者を相手にしても態度を変えない、いつもの律義《りちぎ》なものの言いようだった。

林太郎は何か言いたそうな賀古を制して、

「復習とはどういう意味ですか」

ときいた。

「きみたちは大学で解剖学を学び、死体解剖も経験している。羨ましい話だ。わたしは漢方を習得し、蘭学も少しかじったが、解剖の経験はない」

静男は落ち着いた口調で言葉を継いだ。

「下顎骨《かがくこつ》と側頭骨《そくとうこつ》との関係性を知っていれば、顎の整復は可能だ。今度の患者はそれを実技に生かすよい機会に思えた」

だから、きみたちに任せたのだ、と言った。

確かに林太郎たちは医学部で解剖学を学んだ。整復の施術中、林太郎が頭に描いていたのは骨格の解剖図だった。顎関節の構造を復習しながら行っていた。

「複雑なようで案外単純なのが人体だ。逆に、単純に見えて複雑極まりないのも人間の身体《からだ》だ。患者が違えば、同じ病でも病態はすべて変わってくる。十人十色だ。顎も同様。形、大きさ、質感、千差万別だ。触《さわ》るしかない。触って診察して初めて病態が分かり、治療方針も見出せる。いまの患者でそれができたではないか」

見事だった、と静男は顎鬚《あごひげ》に笑みを乗せ、小さく笑った。

林太郎は父の配慮を感じていた。一人前の医者になるには、知識を総動員して一つ一つ経験を積んで病気と闘っていくしかない。その地道な研鑽《けんさん》の必要性を教えてくれたのだと思った。

「それにしても、最新の医学というのはたいしたものだな」

そう言い残すと静男は予定の時間になったのか、往診に出かけていった。

七

ある日射しの強い日、林太郎は同級生の友人、井上虎三《とらぞう》から借用中のドイツ語の医書を返却するため、湯島の順天堂醫院《じゅんてんどういいん》を目指して歩いていた。

湯島四丁目あたりにさしかかっていて、東大医学部のある本郷にも近い。その医学部で寄宿舎生活をしていたころは、休日の前日ともなると遠方ではあるが、本郷から千住の自宅まで歩いて帰っていた。いわば、勝手知った庭のような地域だった。

湯島四丁目から通りを隔てた一画は金助町《きんすけちょう》と呼ばれていた。横丁からその通りに出たとき、北の東大方面から、十人ほどだろうか、大人も子どもも混じった大勢の人たちがこちらに向かって走ってきた。集団は、わーっ、と歓声とも悲鳴ともつかないお祭り騒ぎのような声をあげている。

林太郎は立ち止まって、傍らを集団が通り過ぎるのを見ていた。やがて、あらわれたのは、手綱《たづな》につながれた大型の犬だった。小牛ほどの大きさの犬が長い舌を出し、はあはあ、と荒い息を吐きながら走っている。一面、茶色の毛に被《おお》われ、ところどころ黒い斑《ぶち》のある、体長一メートルは優に超えたシェパードだった。手綱を曳《ひ》いているのは三十代半ばの立派な口髭《くちひげ》を蓄えた赤毛の白人男性である。

――スクリバ先生……。

東大医学部のお雇い教師だった。

「こんにちは《グーテンターク》」

林太郎は思わず声をかけた。

いきなりのドイツ語にスクリバは手綱を引き締めて立ち止まり、林太郎を見つめた。

林太郎は名前を名乗り、医学部を卒業したばかりである旨をドイツ語で伝えた。

「おお、あのときの森か」

とスクリバは思い出したようだった。

林太郎は卒業後も何かと本郷を訪ねていた。そのとき目にしたのは、大学の広場で犬を訓練しているスクリバの姿だった。来日したてで、シュルツェの後任として外科の教壇に立つ予定になっていた。日本で初めてシェパードを飼った人物とも言われている。日本人は初めて目にする大型犬に、ただただ驚嘆するばかりだった。

林太郎もその一人だったが、驚いたのは犬の大きさもさることながら、シェパードの能力と機敏さだった。シェパードはスクリバが投げた球を目がけ懸命に疾走し、球を口に咥《くわ》えて引き返していた。その忠実な所作と運動能力に目を瞠《みは》る思いだった。

スクリバにきくと、それは猟犬としての躾《しつけ》と調教の一環だった。狩猟が趣味のスクリバに有能な猟犬は欠かせないようだ。

「この犬は人間の五千倍以上の嗅覚《きゅうかく》を持っている」

とスクリバはシェパードの頭を撫でながら自慢げに口にしたものだった。

そのとき、さっき通り過ぎた集団が手を叩《たた》き口笛を吹いて囃《はや》し立てた。すると、急にシェパードが吠《ほ》え立て始め、手綱を曳いた。

「さようなら《アウフヴィーダーゼーエン》」

スクリバはそう言い残すと、集団のほうに犬を走らせた。

集団からふたたび歓声が起こった。

林太郎はその一団を見ながら南のほうに進んだ。広い本郷通りを渡ってしばらく歩くと、そこは順天堂の広大な敷地だった。加賀藩主前田氏の火消屋敷跡である。石造りの正門には、『順天堂』と隷書《れいしょ》で墨書された看板が掛かっており、林太郎はそれを一瞥《いちべつ》して中に入った。門柱《もんちゅう》脇には松の大木が聳《そび》え、枝が門の上まで伸びていた。本館は瓦屋根の二階建てで、硝子《ガラス》窓の多い、一見、遊郭を思わせる建物だった。

林太郎は受付を通し、医師控室に向かった。

井上虎三は白衣姿で書類に目を通していた。

面長で額《ひたい》は広く鼻筋が通り、金縁眼鏡《きんぶちめがね》をかけた容貌は見るからに聡明そうだった。林太郎より五歳年上で、卒業の席次は五番。八番の林太郎より上だった。

「長い間、ありがとう。勉強させてもらった」

と林太郎は借用中の医書を返した。

「急ぐ必要はなかったのに」

井上は鷹揚《おうよう》に受け取ると、そこが定位置なのか書棚の空いた箇所に納めた。

この日の井上は何かうれしそうだった。落ち着き払って感情を表に出さない普段の様子と少し違っている。

「何か楽しいことでもあったのか」

林太郎はきかずにいられなかった。書棚への足取りも気のせいか軽く見えた。

「いや、そうでもないのだが、ドイツに留学できそうなのだ」

「行けるのか」

「うむ。尚中《たかなか》先生が目をかけてくれていて、婿養子に入らないかと誘われた」

井上は下総《しもうさ》佐倉藩士、井上信利《のぶとし》の三男として生まれた。幼少期から順天堂二代目堂主、佐藤尚中に目をかけられ、明治二年（一八六九）には尚中に従い佐倉から一緒に上京した経緯がある。

「相手が決まったのか」

林太郎はきいた。

「先生の三女、楽《らく》さんが相手だ」

だが、楽はまだ十四歳で結婚はかなり先になる。

その後、井上は正式に養子となってから、「佐藤佐《たすく》」と改名し、留学も果たした。

「ドイツ留学とは羨ましい話だ」

林太郎の本心だった。先を越されたという気持ちもある。大病院の順天堂の後ろ盾でドイツへ向から井上。千住の小医院でくすぶり、まだ進路も決まらない自分。

――何という違いか……。

井上の幸運に嫉妬するおのれがいた。

千住への帰り道は足が重かった。

八

林太郎が家に帰ると、喜美子が待ち構えていたように部屋に入ってきて、

「賀古さんは、今度、いついらっしゃるでしょうか」

ときいた。

「賀古か。今のところ約束はないが……。不意にあらわれるのが、あの男だ」

予定はあまり立てられなかった。

「どうしてだ」

林太郎はたずねた。

「夢のつづきが本当だったとお話ししたいのです」

「何の話だ」

「朝見ていた楽しい夢も、目を覚ますとすぐに忘れてしまうでしょう？　でも、賀古さんはその夢のつづきを見る方法を教えてくれました」

「ほう。そんな方法があるのか」

確かに楽しい夢も、朝、起きて行動を起こすと、夢は消えてすっかり忘れてしまうものだ。

「目覚めても目を開けないことです。つぶっていれば、夢のつづきは見られます」

目を開けるともうつづきは見られません、と喜美子は言った。

「賀古がそんな話をしたのか」

「方法は、本当だったのです。賀古さんにお礼をいいたいと思います。楽しい夢のつづきに浸れましたから」

喜美子はお花畑で楽しく遊んでいる夢を見ていて朝を迎え、そのつづきを楽しみたいと思い、実際、見られたというのである。

「そうか、今度、賀古に礼をいうといい」

林太郎がそう言うと、喜美子は楽しそうに部屋を出ていった。

——目をつぶっていれば夢のつづきに浸れる……。

そんな方法があったのかと林太郎は感心した。夢と言えば、ドイツ留学は自分の長年の夢である。井上に先を越されてしまったが、諦めるわけにはいかない。

——夢はいずれ必ず実現させる。

だが目はつぶらず、はっきり開けたままで実現させようと心に誓った。

第三話　赤い糸

一

林太郎の手は次第に固い拳《こぶし》に変わっていった。患者のあまりの態度に怒りがこみ上げていたのである。

この日、林太郎は父、静男の往診に同行していた。

「何とかしろといっているのだ」

寝床に横たわった五十歳くらいの男は不機嫌に静男に命じた。顎《あご》の張った四角い顔は頬《ほお》が削《そ》げ、顴骨《かんこつ》がひときわ突き出ていて、目の周りに隈《くま》ができている。鼻の下に濃く長い口髭《くちひげ》を生やし、その両先端はだらしなく下がっていた。

男は内務省に勤める役人で川名茂治《かわなしげはる》という。国土の建設に深く関わっていて、特に土木関係では重責を担っている人物である。

静男と林太郎はすでに往診を七件ほどこなしていた。この日の午後は、千住大橋を渡った千住南一帯の患者を診て回っていた。

往診は臨床経験を積むよい機会だとして、静男はたびたび林太郎に同行を促していた。林太郎はありがたいと思いつつも、さほど積極的になれなかった。往診で接するのは、たいていよく見かける症例である。新しい医学を深く学ぶには、参考になるところはほとんどないという気がしていた。林太郎としては、もっと学び甲斐《がい》のある患者を診《み》たいというのが本音である。

川名茂治はこの日最後の患者で、静男はこれまで何度も往診しているが、林太郎にとっては初めて診る患者だった。

いま、静男は川名の診察を終えたばかりだった。はだけた寝間着から覗《のぞ》く痩せた腹部は、見た目にも硬くこわばっている。

静男がその腹部に手を置いたときには、さして力を入れていないにもかかわらず、うっ、とくぐもった声をあげて苦痛を訴えた。神経過敏状態で、胃潰瘍《いかいよう》が疑われている患者だった。

「もうしばらく様子を見る必要があります」

静男は寝間着を元に戻しながら言った。

「金に糸目はつけないといっているだろう。早く何とかしろ」

川名は怒りを含んだ声でののしった。

部屋の隅では夫人が心配そうに様子を窺《うかが》っていた。

「次第に良くなっています」

もう一息です、と静男は言った。川名の不機嫌な様子も気にならない風である。

「いまのままを続けるのか」

川名は気分を苛立《いらだ》たせていた。

「そうです。もう少しで良い方向に向かいますよ」

静かに対応していた。

林太郎は川名の様子から、彼の鳩尾《みぞおち》から腹部にかけての痛みと圧迫感は相当なものだろうと想像していた。だが、傲慢この上ない態度は許しがたかった。それを唯々《いい》諾々《だくだく》としてきいている父の態度が解《げ》せなかった。

——なぜおとなしくきいているのか。

腹痛で難儀しているのは同情に値するが、横柄な態度には我慢ならなかった。固い握り拳は容易に緩まなかった。

「誰のお陰で千住で仕事ができるようになったと思っている」

と川名は恩着せがましい台詞《せりふ》を吐いた。

静男は黙って聞き流している。内務省の高級官僚なのでその権力は絶大で、地域医療に携わる静男も少なからず有形無形の便宜をはかってもらったことがあるのかもしれない。

やがて、川名は背中を向けると、

「もういい。帰れ、やぶ医者」

と吐き捨てた。

「今日のところはこのへんにして引き上げます」

静男は往診鞄《かばん》を整理しながら言った。

「やぶ医者め。帰れ」

ふたたびその口汚い叫びを背中に浴びて、静男と林太郎は退室した。

帰りがけに、しきりに恐縮する夫人に対し、静男は丁寧に服薬を指示して家を後にした。

二

その帰り道、千住大橋を渡ったところで、林太郎は、

「父上、さきほどの川名茂治の態度はいかがなものでしょうか」

と切り出した。それまで黙って歩いていたが、我慢がならなかった。

「うむ」

と応じて静男はうなずいたが、そのまま歩き続けた。

しばらくすると、少し歩みを緩めてから、

「人、特に患者というのはわがままなものだ。病気になってただでさえ苦しいのだから、感情に抑制が利かなくなるのは仕方がない」

と言った。

——しかし父上、物には限度があります。

と反論しようと思ったがやめていた。

「そうですか」

林太郎はそう応じるしかなかった。大声でやぶ医者呼ばわりされても動じない、父の自制心と忍耐力にいまさらながら驚いた。

静男の関心は、林太郎とは違うところに集中しているようである。

「問題は治療法だ」

と静男はつぶやくように口にした。

「川名さんの精神の安定を図りつつ食事療法も並行させているが、効果はいまひとつなのだ。硝《しょう》酸銀《さんぎん》を用いた治療法は、どうも問題があったようだ」

「それはどういう意味でしょう」

林太郎は問いかけた。

「硝酸銀療法をわたしは佐倉で学んだが、林太郎も医学部で習っただろう」

「ええ、習いました」

硝酸銀は、硝酸に銀を溶解させた化合物で、防腐・殺菌作用がある。制酸や収斂《しゅうれん》効果を期待し、胃潰瘍の治療に用いられた。

「川名さんが吐血したものだから硝酸銀水を処方したが、効果は思わしくなかった。というより、悪影響を与えたようだ」

「しかし父上、胃潰瘍への硝酸銀療法はよく行われている方法ときいています」

林太郎の知識では、硝酸銀に薄荷油《はっかゆ》と水とを混ぜ合わせた硝酸銀水は、粘液分泌を高め、胃壁の患部を被《おお》って治すとして、洋学を修めた医者の間で支持されていた。

「出血は確かに止まった。だが、胃壁を荒らしてしまったようにも見受けられる。痛みがいっこうに治まらないどころか強くなっている」

「そうですか」

「硝酸銀水は、どうも症状を悪化させたような気がしてならない。そこで次善の策として、漢方の四逆散《しぎゃくさん》を処方している」

漢方医でありながら、佐倉順天堂で蘭学も修めた静男である。漢方と蘭学、両方を習得した静男だから講じることのできる治療手段だった。

四逆散は、柴胡《さいこ》、枳実《きじつ》、芍薬《しゃくやく》、甘草《かんぞう》から構成される処方である。川名のように四肢《しし》が冷えて、鳩尾付近に耐えがたい痛みと圧迫感がある症状に効果を発揮する。

「腹部を触診《しょくしん》してみると、少し効き目があらわれているようだ。しばらく様子を見ようと考えている」

静男はそう口にしてから、

「林太郎はどう思う」

と問いかけた。

急な問いかけに林太郎は戸惑《とまど》った。漢方の世界には疎《うと》い林太郎だった。医学部では最新医学であるドイツ医学ばかりを学んでいた。だがその一方で、一時期、漢方医学の原典ともいえる『傷寒《しょうかん》論《ろん》』『金匱要略《きんきようりゃく》』を精読している。いずれも中国・後漢時代に著された医学書で、日本に伝来し医学の基本文献とされてきた。四逆散はその中に記載のある処方である。

「わたしは漢方を少しかじりましたが、自信がありません。父上のお考え通りに進めるのがよいのではありませんか」

そう返答するのが精一杯だった。

「そうか。では、続けてみるか」

と静男は何度もうなずいた。

二人の会話はそこで途切れた。

無言で歩くうち、林太郎は静男の往診に同行していつも抱く感想が、この日も頭の隅をかすめていた。

――なぜこれほど熱心になれるのだろう。

静男は目の前の患者に全神経を集中して応対する。それが重い病気であろうと軽い病気であろうと、常に全力を尽くしていた。このような姿勢は、いかなる場合にも一貫していた。林太郎が尊敬するのは、父のそうした態度である。

林太郎は歩を進めながら、そっと父の横顔を眺めた。父はいつもの父と何も変わらぬ表情で歩いている。しかし林太郎は、川名の態度にはまだ納得がいかなかった。

三

その夜、林太郎は居間で裁縫中の母、峰子に語りかけた。

「今日、父上に同行して往診したのですが、千住南の川名茂治という人をご存じですか」

医院経営には深く関わっていない母である。おそらく知らないだろうと思いつつきいてみた。

「ええ。知っていますよ」

峰子は手を休めずに言った。

「知っているのですか」

「身体《からだ》のあちこちを悪くして、お父様《とう》に長く診てもらっている人です」

「そうでしたか」

であるならば、川名はもっと父に感謝し、医者を大事にしてもよさそうなものを、と思った。それが世話になっている医者への礼儀ではないか。

「どんな人ですか」

林太郎はたずねた。

「どんな？　どんなといわれても……」

「わたしは今日、たいへん横暴な人だと思いました」

「それはないでしょう。人の好い、ごく普通の人ですよ」

峰子は顔をあげて林太郎を見つめた。

――人の好い、ごく普通の人。

あり得ない、と林太郎は思った。別人と勘違いしているのではないか。

「内務省の役人で土木関係の専門家のようですが」

「川名さんにまちがいありません」

峰子はうなずいてみせた。

「そうですか」

林太郎は首をひねりながら、あの川名茂治は、それまでとは別人格に変わってしまったのだろうか、とさえ思った。

「誰のお陰で千住で仕事ができるようになった、と恩着せがましく父上にいっていました」

「そうですか。お父様もいろいろな人に助けられて開業しましたから、川名さんにもお世話になったのかもしれません」

峰子はあくまでも川名に悪い印象を持っていなかった。

林太郎は川名茂治という人物が分からなくなった。ただ、今日、目にした川名は間違いなく傲慢で横柄な人間だった。

峰子はふたたび裁縫を始めた。赤い糸を器用に操り、リボンの端をかがっている。

林太郎はその手元を見つめながら、

「それは喜美子のリボンですか」

ときいた。

「喜美子のものです。長い間使ったからでしょう、端がほつれてきました。あの子は本当に物持ちのよい子です」

そう言いながら、

「赤い糸でリボンを繕《つくろ》っているからいうのではありませんが、男女の結婚は当人が知らないところで、すでに赤い糸で結ばれているともいいますね」

とロにした。

「赤い糸……。そういう話をきいたことがあります」

大学の寄宿舎では、周囲をはばかることなく男女の話を交わしたものだった。林太郎自身はさして興味はなかったが、性愛の話をあけすけに話す者もいれば、遊郭に通う学生もいた。

同級生にも赤い糸の縁の結果が出ていて、すでに結婚している者がいる。賀古鶴所《かこつるど》はその一人で、卒業が決まったこの年——明治十四年（一八八一）六月に結婚した。相手は谷中《やなか》の医師、柳慎斎《やなぎしんさい》の四女、啓子《けいこ》だった。陸軍への出仕が決まっていたから、早く身を固めたのだろう。また、井上虎三《とらぞう》も順天堂の娘との縁組が決まっているときいたばかりだった。

「ところで、母上は父上とどのような赤い糸で結ばれていたのですか」

とたずねた。

「どのようなって……」

母は顔をあげ、

「嫌ですよ、林《りん》さん。昔話をほじくりだして」

と半分笑いながら、照れているようだった。

「子どもは長じると、両親はなぜ結婚したのかと親にきいてくるものだといいますが、林さん、あなたも例外ではありませんでしたね」

「そうかもしれません。この際ですからおきかせください」

と林太郎は居住まいを正した。

「ごく普通の糸ですよ」

と峰子は言った。

何気ない母との会話に、林太郎の川名への憤りも次第に収まっていった。

四

峰子の夫となった静男は、大庄屋・吉次《よしつぐ》家の四男として防府《ほうふ》に生まれた。十九歳で医学を志し、長崎に遊学したものの、紹介された医者に会えず帰郷した。翌年、今度は津和野を訪れ、林太郎の祖父、白仙《はくせん》に出会って弟子入りし漢方を学んだ。

森家は代々津和野藩主・亀井氏に仕えた典医《てんい》の家柄。静男の寡黙《かもく》で誠実、向学心旺盛な性格を白仙は高く評価し、森家の婿養子として迎えたという。静男、二十五歳、峰子、十四歳だった。

「赤い糸といっても、父上、白仙の勧めに従ったまでです」

母は当たり前のように言った。

林太郎は初めて両親の結婚に至る経緯を知った。

「医学を志した父上が津和野を訪ね、母上と出会った、そのことが赤い糸で結ばれていた何よりの証《あかし》ではありませんか」

「そうかもしれませんね。いま考えてみますと……」

母は手を休め、しばらく過去に思いを馳《は》せていたが、

「そういう林さんは、もう赤い糸で結ばれた相手が分かっていますね」

と言った。

母の不意の言葉に、林太郎はおのれの結婚について意識した。

——そうだ。自分には許婚《いいなずけ》がいる。

明治五年（一八七二）だった。林太郎が静男に連れられて故郷の津和野から上京する際、防府・三田尻《みたじり》の吉次家に立ち寄った。静男の実兄、当時四十五歳の直正《なおまさ》には三女にクニがいた。直正と静男の話し合いで、十一歳の林太郎に十歳のクニを許婚とする約束が交わされた。林太郎からすれば、クニは従兄妹《いとこ》の関係になる。

林太郎はクニを直正から紹介された。あどけない少女は髪をおさげに結っていた。その左右に垂らした髪の先端を赤いリボンで結んでいた。

林太郎が挨拶すると、クニは、

「クニと申します」

と緊張の面持ちで頭を下げた。

そのとき、林太郎は目の前で小さな頭がお辞儀し、赤いリボンが揺れるのを見た。礼儀正しい、健気《けなげ》な少女という印象を受けた。

林太郎自身は親が決めたクニという少女が嫌ではなかったが、クニのほうはどうだったのかと気になった。

この時代、結婚を考えるとき、女のほうは好き嫌いを言えない。男が女を見て決めればいいだけである。娘の親は売り手で、男のほうが買い手でもあるようだ。

――おかしな話だ。

と林太郎は思うが、世間では当たり前のようにまかり通っている。娘の想《おも》いを無視している世間の常識が解せなかった。

そのとき、母の峰子が、

「林さんには許婚がいるのですから、赤い糸はもう結ばれていますね」

とふたたび言ってから、糸の端を針にくるくると巻いて玉止めを作った。そして糸の根元を鋏《はさみ》で切り、リボンの修理を終えた。

林太郎は黙って母の器用な手の動きを見ていた。鋏の音が耳に残った。

――赤い糸か……。

林太郎は三田尻で出会ったクニを思い出していた。

五

その夜、母との話のあと、林太郎は自室の書棚から久しぶりに『傷寒論文字攷《しょうかんろんもじこう》』を抜き取った。漢方にまつわる書物を手にしたのは、昼に父から千住南の患者、川名茂治の治療に硝酸銀水を止《や》めて漢方の四逆散を処方した話をきいたからだった。

西洋医学を学んだ林太郎だったが、久方ぶりに漢方書をひも解いた。

『傷寒論文字攷』は、医学部在学中に購入した書籍だった。出羽《でわ》出身の漢学者として知られた伊藤鳳山《ほうざん》が嘉永《かえい》四年（一八五一）に著した、『傷寒論』の高度な研究書である。

「明治十年（一八七七）五月十二日贖之　東京大学医学部　森林太郎」と墨書されている。

『傷寒論文字攷』は、なけなしの蓄えをはたいて購入した医学書だった。江戸時代までの日本医学の基本書というべき『傷寒論』は、中国で二世紀末に著されたといわれている。その『傷寒論』に使われている字句について考証しているのが、『傷寒論文字攷』だった。ただでさえ高価な書物を貧乏学生が買うのは負担が重かった。

「森林太郎」の筆文字を目にすると、この専門書を購入した四年前のおのれが勉学に邁進《まいしん》していた日々が懐かしく思い返された。この明治十年は、四月に本郷に移転した東京医学校が東京大学医学部となった記念すべき年だった。西郷隆盛《たかもり》が挙兵し、西南戦争の行方が世上《せじょう》を騒がせていた時期でもある。

値の張る書物については林太郎に苦い思い出があった。

その昔——、十一歳の林太郎はドイツ語を学ぶため、私立学校の進文学舎《しんぶんがくしゃ》に通っていた。そこではウェーバーの万国史が教科書とされることになった。初めて書物らしい書物に出会ったのを喜び、林太郎は父に購入を願い出た。父は一瞬、その値に驚いたようだったが、決心したように五円札を差し出した。

父は当時、月給十五円と薄給だった。高価な書物を買わせてしまったことに負い目を感じると同時に、息子の勉学のためなら出費を惜しまぬ父の恩情に感謝し、忘れられない思い出だった。

林太郎は久しぶりに『傷寒論文字攷』を手にして、四年前に漢方医学を研究した遠い日々を振り返った。大学ではもちろんドイツ医学を習っていたのだが、漢方医学にも興味が湧いていた時期だった。日本で千年以上にわたり医学を支えてきた理論である。林太郎も一定の敬意を払っていた。この興味が、林太郎の晩年において、『渋江抽斎《しぶえちゅうさい》』『伊沢蘭軒《いざわらんけん》』『北条霞亭《ほうじょうかてい》』の史伝三部作の執筆につながるとは、このとき林太郎自身、まったく予想もしていなかった。

漢方書をひも解くと同時に、林太郎は当時のノートを取り出し、四逆散についてのメモを振り返った。

四逆散を処方の基本にする症状に、「少陰病《しょういんびょう》四逆シ」とある。少陰病とは、脈が微細で気力が衰え、横になって寝たがる傾向にある体調を指していた。四逆は四肢の強い冷えをいう。手足の末端から次第に冷える症状に対する処方だった。柴胡《さいこ》、枳実《きじつ》、芍薬《しゃくやく》、甘草《かんぞう》の四生薬《しょうやく》が用いられるが、主剤はミシマサイコの根である柴胡だった。腹部が緊張し、柔軟性に欠ける状態を改善する効果が期待できる薬剤だった。

——なるほど……。

父が川名茂治に四逆散を用いる理由は、症状から見て筋が通っていると思った。数ある漢方処方の中から四逆散を的確に選び出している。林太郎にはできない相談だった。

林太郎はあらためて父、静男の漢方の技量を再認識した。

静男は二十歳から津和野藩主・亀井家の御典医、森白仙の下で漢方を学んだ。弟子入り後、その実力と人柄が見込まれ、婿として森家に迎えられたのだった。

その父が川名に四逆散を選択した。この処方で、いずれ川名の病状は改善されるだろうと林太郎は判断した。あとは、経過を見るしかなかった。

ところが、川名茂治は、

「早く何とかしろ」

と口汚く父をののしっていた。さらに、やぶ医者呼ばわりもしていた。

林太郎には、あの人格を否定するような川名の言葉を、なぜ父が聞き流すのか理解できなかった。病人を刺激しないよう何でも言わせておくという理由だけだろうか。政府の高官だから遠慮しているなど、世故《せこ》に疎く名利《みょうり》に走らない父の性格からしてあり得ない。それとも、母も知らないような厚い恩義を受けたことがあるのだろうか。

——何だろう……。

いくら考えても答えは導き出せなかった。

林太郎は立ち上がって、書架に『傷寒論文字攷』を戻した。

六

この日の午前、林太郎はいつものように橘井堂《きっせいどう》医院で、父や書生とともに診療をこなした。患者は途切れることなく訪れた。

林太郎も医院を手伝うようになって日々を過ごすうち、診察に慣れてきていた。この日も父を補佐して患者をさばいた。

診察室に立つ父、静男には一つの習慣があった。診察に疲れると、どんなに患者が待合室に溜《た》まっていても、休憩をとるのである。

「どれ、一服するか」

と小さい煙管《きせる》を手にして刻み煙草《たばこ》を吹かす。窓越しに自分で手入れした盆栽類をゆっくり眺めるのが楽しみの一つだった。園芸は静男の趣味である。

悠然と煙を吐き出す静男に、書生は気をもんで、

「大先生《おおせんせい》、患者さんが待っています」

と訴えるが、静男は意に介せず煙管をくゆらせた。

また、喫茶も静男の趣味だった。自室の小部屋に籠もってのんびり過ごす。故郷《くに》にいるころ、石《せき》州流《しゅうりゅう》の茶道に凝っていたのだが、東京に出てからはもっぱら煎茶を嗜《たしな》むようになった。

正午に近づくにつれて、林太郎もさすがに疲れが出てくる。昼食が待ち遠しく感じられる時間だった。

その昼食が居間に用意されていた。

林太郎が食事を始めていると、遅れてきた父は箸を取るなり、

「いま、遣いが来て、これから郡医の会に出なければならなくなった。ついては林太郎、すまないが、川名さんのところへ往診を頼む」

と早口に言った。

――えっ、あの川名茂治の代診に……。

一瞬、驚きと戸惑いが交錯した。

「具合を診て、当面の対策を講じてほしい」

父は早々に昼食を摂《と》り終わると、

「頼む」

と言い置いてあわただしく外出して行った。

食卓には好物の茄子《なす》の煮物が出されていたが、味もよく分からなかったのは、代診に気を取られていたからかもしれない。

午後、出かける時間になって急に雨になった。

——雨か……。

林太郎は空を見上げて傘《かさ》を広げた。溜め息をつきたい気分だった。藍染めの作務衣《さむえ》姿に往診用の鞄を手にして、ぬかるみを避けながら千住南に向かった。川名家は通りに面し、敷地の広い門構えの立派な家だった。

使用人に来意を告げると、夫人が出てきて、

「雨の中、お世話さまです」

と恐縮の態《てい》で奥の寝室に案内した。

川名茂治は林太郎を一瞥《いちべつ》すると、疑わしそうな目を向け、

「やぶ医者はどうした」

と荒い声をあげた。顔色はすぐれず、目の周りにも隈が残っていた。

その無礼な態度が腹立たしく、林太郎は、

「誰のことですか」

と故意に不機嫌に問い返した。

「誰？　おまえの父のことではないか。忘れたのか」

と川名は乱暴な口をきいた。

そのとき、林太郎は耳の奥に父の、

「ただでさえ苦しいのだから、仕方がない」

という声がきこえた。

林太郎は医者が患者と同じ土俵に立ってはならないと思った。

――冷静にならねば……。

気を取り直して川名と向き合った。

「父は所用があって今日は来られませんでした。わたしが代わりに診ます」

林太郎はゆっくりと言葉を吐き出した。

川名は黙って林太郎を見ていた。

「それでは診させていただきます。その後、具合はいかがですか」

とききながら川名の手を握ってみた。

――冷たい手だ……。

次に足を触《さわ》ってみた。足も冷たかった。四肢の先端部の冷えが、身体《からだ》の中心部に向かう状態にあるとき処方されるのが四逆散だった。父が四逆散を選択したのは適切だとあらためて実感した。

さらに、川名の寝間着をはだけて、腹部に手のひらを這《は》わせて触診した。前回、林太郎は父ほど入念ではなかったが川名を診察している。今日の川名も左右の腹直筋《ふくちょくきん》が緊張して二本の筋を作っていた。だが、数日前ほどの硬さはなく、少し腹部が緩んでいた。四逆散が効果を上げている証のような気がした。

川名は診察を受けながら、終始、疑わしげな目を向けていた。

林太郎は時間をかけて診察を終えた。

「どうだ、やぶ医者の息子」

と川名はきいた。

「前より良くなっています。いまの薬でこのまま治療を続けましょう」

林太郎は自信を込めて言った。

それに対して、川名は意想外の反応を示した。

「短期間に医者の腕が上がることはあるのか」

ときいたのだった。

「さて、どうでしょう。どうしてですか」

林太郎は川名の真意が計りかねていた。

「やぶ医者の息子ながら、この前より丁寧に診ているし、腕が上がったような気がするのだ」

「そうですか」

と返事をしながら、この前は、父と一緒の往診で人任せにしていたのかもしれないと反省した。それにしても、今日の川名の態度は前回と違い、かなり穏やかになっている。

——何があったのだろう。

父が処方した四逆散の効果としか思えなかった。四逆散で用いられる生薬の一つ、ダイダイの未熟果である枳実《きじつ》は、健胃・便通作用のほかに、精神の安定を図り、鬱屈《うっくつ》した気分を解きほぐす作用が認められている。

「このまま治療を続けましょう」

林太郎はそう繰り返して部屋を出た。

「やぶ医者によろしく伝えておけ」

背後で、川名が叫んだ。

林太郎にとって気の重い往診だったが、川名の容態が改善の兆しを見せていたのは朗報だった。

帰りがけの玄関先で、夫人が、

「一時、親戚に連絡をとったほうがよいのではないかと思いました。少し良くなっているようですね。ところが主人はなぜか、今度の病気を死病と思い込んでいます。八つ当たりもおさまりません」

と声を落として言った。

「さっき、ご主人の前で話しましたが、薬を替えて改善しています。死病などではありません。何をそんなに悲観しているのでしょう」

「それが分からないのです。でも良くなっているのでしたら安心です」

夫人は気を取り直していた。

林太郎は夫人にあらためて服薬の指示を出して川名家を後にした。

雨はまだ降り続いていたが、家を出るときの鬱陶しい気分は少し晴れていた。

七

その夜、遅く帰宅した父に小部屋に呼ばれた。父が診察の合間に喫茶のために使う部屋である。

林太郎が部屋に入るなり、父は、

「川名さんはどうだった」

ときいた。一番の気がかりだったようだ。

林太郎は川名を診察し、みずから下した判断をそのまま伝えた。

「そうか……。林太郎もよく耐えたな」

父は感心したようだった。

「どういう意味ですか、父上」

「扱いにくい患者だが、よく我慢したと思う。短気を起こして診察も滞るかと心配したものだ」

「それは……。それはありません」

林太郎にも医者としての心構えが少しはできていた。どんなに罵倒されても冷静だった父に学んだのだが、それを口にするのは気恥ずかしかった。

「川名さんは快方に向かっているように思います。ところが、奥さんの話によれば、本人は死病だと悲観しています。その一方で、父上をあんなに罵倒していました」

何を考えているのか分かりません、と林太郎は感想を述べた。

「かなり、というか、ひどく悲観しているのは事実だ」

と父は言った。

「しかし、病状は改善しています。それなのに、あの人は父上に早く何とかしろと口汚く治療を急がせていたではありませんか」

「うむ、そこなのだが」

父は一呼吸置いて、続けた。

「人間、追い込まれると何をいい出すかしれたものではない。最初は、早く治せとどなり散らしているのだ、とばかり思っていた。だが、違うのだ」

「えっ、どういうことです」

「早く楽に死なせてくれと要求しているのだ」

「まさか……」

「安楽死を求められても、応じるわけにはいかない」

林太郎は返す言葉が見つからなかった。

「川名さんは、元々、人に暴言を吐くような人物ではなかった。だが、いつしか早く楽に死なせてくれと要求するようになった。自暴自棄になったその原因が、どうしても分からなかった」

父は静かに口にした。

林太郎は、父が悪態をつかれても自制していた理由が、ようやく分かったような気がした。患者が急に悲観するようになった、その原因を探っていたのだ。

「川名さんが安楽死を訴える理由が、今日出席した郡医の会合でおおむね分かった」

父は地域の医師と話をするうち、川名と同様の症状をきたし、やがて痛みで七転八倒《しちてんばっとう》の末に死亡した患者の話をきいた。

「それが千住南に住む建具職人で、川名さんの幼馴染《おさなな じ》みだった。川名さんは自分と同じ症状で苦しむ様子を一部始終見ていて、自分も断末魔の挙句《あげ く》に命を閉じるものと悲観し、恐怖を感じたようだ」

「しかし、父上、川名さんはそれほどの痛みではありません」

「確かに。問題は、川名さんに出た目の隈だった」

と父は言った。

「七転八倒した親友の建具職人も目の周りに黒い隈が出ていた。それを死の兆候だと思い込んでいるのだ」

「目の隈など単なる寝不足でもあらわれるではありませんか」

「まったくだ。だが、それは医者の認識だ。川名さんの気持ちではない。わたしは迂闊《うかつ》にも、それに今日まで気がつかなかった」

わたしの仕事は振り出しに戻った、と父は神妙だった。力不足を深く反省したようだ。

林太郎は父の様子を見て、父はもう完成された医者だと思っていたが、父にとってはまだまだのようだ。暴言を吐く患者にも理解を深めようと謙虚に寄り添う姿勢は尊敬に値すると胸におさめた。

「四逆散で症状が今のまま改善していけば、川名さんも自分の病気は死病ではないといずれ悟るだろう」

「そうですか。すると、暴言もおさまりますね」

林太郎は川名夫人も安心するにちがいないと思った。

「少し時間はかかるだろうが、落ち着くはずだ」

「では」

と林太郎が立ち上がろうとしたとき、

「そういえば、昼間に故郷《くに》もとから封書が届いていた。林太郎の許婚の件だ」

「どうかしましたか」

許婚の吉次クニについては、数日前に母と話したばかりだった。

「約束が厳しくなっている」

便りによれば、クニの姉、いうの容態がかんばしくないという。

「姉に、もしものことがあれば、クニが婿を迎えて家を継ぐ。その相手に林太郎を出すわけにはいかない。許婚の一件は見直しだ」

「そうですか」

林太郎は受け止めるしかなかった。親同士が決めた一番確かな結婚の形が崩れようとしていた。

「いずれはっきりするだろう。それまでは待つしかない」

そう言って、父は疲れたのかすぐに寝室に向かった。

林太郎は大きく溜め息をついた。十歳のクニの姿が目に浮かんだ。名前を名乗った健気な様子とおさげの赤いリボンが思い出された。

そのとき、ふと、細く赤い糸が切れる音がきこえたような気がした。

雨音が急に激しくなった。

第四話　三つの石

一

　この日、林太郎は橘井堂《きっせいどう》医院で午前中の診療を終え、大きく欠伸《あくび》をした。背中を反り返らせながら、肩を上下し、首をまわした。背中の内部で関節のくぐもった音がきこえた。この日は蒸し暑く、自覚していなかったが、診察の疲れが蓄積していたようだ。

　そのとき、急に調剤室から書生の山本一郎が入ってきて、耳元に顔を寄せ、

「いま、大先生《おおせんせい》に会いたいという男の人が来ています。患者ではないようです」

と言った。玄関口のほうを向きながら声を低く落としている。

「では、客なのか」

　と林太郎はきいた。

「早川とか、長谷川とか名乗ったと思います。申し訳ありません」

よく分かりません、と恐縮の態《てい》である。

「そうか」

林太郎は応じながら、山本はよほど来訪者に怖気《おじけ》づいて、名前もろくにきけなかったようだと推測した。

「どうしましょう。若先生」

山本は言外に門前払いを示唆していた。

このとき、大先生である父、静男は急な往診に出かけていて留守だった。

「どんな用事か分からないのだね」

「ええ。まだ、きいていません」

「まあ、いい」

父がいない以上、ひとまず会ってみるしかない。

「では、ここに通してくれ」

と林太郎は山本に指示した。

山本はためらいながらも診察室に男を案内してきた。

男は四十がらみで、暑い、暑いと扇子を煽《あお》ぎながら入ってくる。脱いだ鳥打帽を手にして、胸を張り大股のゆっくりした足取りだった。

その顔を一瞥《いちべつ》し、

——これは……。

と林太郎は身構えるような気になった。

山本が恐れをなして、名前をまともにきけなかったのも分かるような気がした。小判型の面長の顔で、髪が禿《は》げあがった分、額《ひたい》は広く、顎《あご》も長かった。ただでさえぎょろりとした目は大きく見開かれ、しかも飛び出している。異様な顔立ちといえた。

「わたしは長谷川泰《たい》という者だが、静泰《せいたい》さんはおられるか」

ときいた。への字に結んだ分厚い唇の奥から、押しの強い声が出てきた。

正面から向き合うと、林太郎はひときわ威圧感を覚えた。

「せいたい……」

久しく忘れていた名前だった。父が明治維新前に使用していた名前である。

「そうか、そうか。いまは静男さんか」

長谷川と名乗った男は独り言をつぶやくと、

「静男さんはおられるか」

とあらためてきき直した。急にくつろいだ態度だった。

「父はいま、往診中です。間もなく帰ってくると思いますが」

「父？　ああ、あなたが息子さんか」

長谷川は大きな目を細めるようにして林太郎を眺め回した。

「確か、林太郎とかいう名前ではなかったか」

「そうです。林太郎です」

林太郎は頭を少し下げて、初対面ながら自分の名前を知っている相手に驚いた。

「あなたのことはお父上からきいている」

「そうですか」

父が何を話したか不明だが、迂闊《うかつ》には話に乗れないと思った。風貌もさることながら、不審な人物ではある。

「ところで、父にどのようなご用件でしょうか」

林太郎はたずねた。

「今日は用事があって近くを通りかかったものだから、挨拶かたがた寄ってみたのだ。お父上には区医《くい》として尽力していただいたからな」

と長谷川は、父とのつながりをよどみなく話した。

「長谷川様は区医の業務に関係していらっしゃったのですか」

林太郎は不思議な風向きになってきたと思った。

区医は貧困者救済の根幹をなす医療制度だった。いまの口ぶりは、その業務に長谷川は関与していたようである。

「いかにも。わたしが区医制度を推進した。窮民《きゅうみん》を救済する医療はこの時代、喫緊《きっきん》の課題と考えたからだ」

長谷川は力強く言って続けた。

「おそらくお父上は四年前に区医になられていたはずだ」

「確かに……」

林太郎は四年前の明治十年（一八七七）を回顧しながら答えた。自分が十六歳で、医学部本科の二年のときである。東京開成学校と東京医学校が合併され、東京大学と改称した記念の年だった。

「四年前に区医制度を始めたのだが、そのときにお父上にも協力していただいた」

「そうでしたか」

林太郎は長谷川への警戒心を持ちながらも、事情に詳しい様子に一目置く気持ちも芽生えていた。

当時、静男は向島に住んでいたが、明治十年六月、東京府が区医出張所を千住に置いたとき、その管理を委嘱《いしょく》された。翌年の十一月に区医に命じられている。さらに、明治十二年（一八七九）六月、南足立郡の郡医に命じられ、これをきっかけに千住に転居した経緯がある。

区医活動と静男は切っても切り離せなかった。

「父は窮民救済の医療を重視していました」

日ごろの父の活動は、救済のための医療が中心と言っても過言ではなかった。患者本位とはいえ、身を粉《こ》にして働く姿は、誠実度が過ぎるのではないかと身内が心配するほどだった。

「お父上は医術もさることながら、人柄もよいので住民から非常に信頼されていたようだ。患者も多かったはずだ」

「それは、かなり混雑していました」

林太郎は控えめに答えた。本当は患者が遠方からも押しかけ、たいへんな混雑ぶりだった。

その混雑ぶりを話そうとしたとき、父が帰ってきた。

長谷川は親しそうに、

「いや、久しぶり」

と閉じた扇子を高く上げた。

静男は長谷川の来訪が意外だったのか、しばらくは長谷川を凝視するばかりだった。

やがて、二人だけの話が始まり、林太郎は座をはずした。長谷川に外来の混雑ぶりを伝えられず惜しい気がしていた。

二

その日の夕刻、林太郎は三畳の喫茶部屋で父と向かい合った。午後の診察の間中、訪ねてきた長谷川泰のことが気にかかって仕方なかった。

「父上、あの長谷川さんは、父上のことを、せいたいさんと親しげに呼んでいました。あの人は一体、何者ですか」

林太郎はまずそれをきかずにいられなかった。

「そうか、せいたいといっていたか」

静男は小さくうなずくと、

「あの人はわたしが佐倉順天堂で医学を修めているときに一緒だった門人だ。そのころわたしは静泰と名乗り、長谷川さんは泰一郎と称していた」

と言った。

「そうでしたか。順天堂の同窓でしたか」

長谷川が父親に親近感を抱いていた理由がこれで分かった。

「どんな用件だったのですか」

二人は再会後、診察室で昼食時間も削って、一時間以上話し込んでいた。

「どうという話ではない。まあ、思い出話に花が咲いたというところだ」

父は茶を一口含んで味わいつつ飲み込んだ。

「わたしの名前を知っていたので驚きました」

林太郎はまさか自分の名が出るとは思ってもみなかった。

「そうか。あの人は、ああ見えて気さくな人だから、林太郎のことを何かのときに話したのかもしれない。わたしは長谷川さんより七歳年上なのだが、順天堂ではあの人のほうが先輩なのだ」

静男が下総《しもうさ》の佐倉順天堂に入門したのは慶応元年（一八六五）、三十一歳のときで、長谷川はその三年前から学んでいたという。

「順天堂の評判、特に外科は日本全国に知られていたから、郷里の越後《えちご》からはるばる雪山を越えて佐倉の門を叩《たた》いたようだ」

「たいへんな努力家ですね」

雪道に笈《きゅう》を負って一心不乱に歩く姿が想像できた。父に劣らぬ向学心の持ち主ではないかと思えた。

「馬力と忍耐の人だ。一方で、武勇伝には事欠かない人でもある。塾では、貧乏、乱暴、べら棒の長谷川泰、と呼ばれていた」

「べら棒とは穏やかではありませんね」

林太郎は塾内で野人ぶりを発揮する長谷川を想《おも》った。あの顔での乱暴は相当の迫力だったに違いない。

「順天堂には塾規則があったが、乱暴、べら棒の人には厳しく感じられただろうな」

静男は禁止項目をよどみなく列挙した。

「一　吟詩唱歌《ぎんししょうか》
一　碁将棋《ごしょうぎ》
一　外宿
一　諸物乱用
一　禁史卑稿《きんしひこう》
一　飲酒」

以上の六項目だった。

「長谷川さんは守れたのですか」

「さて、どうだろうか」

静男は含み笑いを浮かべた。

否定も肯定もしなかったが、林太郎はべら棒の人には無理だろうと感じ取っていた。

「わたしは落第したでしょうね。五番目の項目が守れそうにありませんから」

林太郎には耐えがたい規則であったろう。禁史卑稿はつまらない小説などを読むこと、という意味であるから、もとより守れそうにない。大学の寄宿生時代に貸本屋から草紙《そうし》類を次々に借りて乱読したものであった。

「わたしが順天堂に入門したら破門ですね、父上」

「そうかもしれないな」

静男は微笑《ほほえ》んでいた。

「長谷川さんは父上が窮民救済の医療に熱心だったと高く評価していました」

「そうか、そんな話をしていたか」

静男は静かに受け止めていた。

「施療日《せりょうび》の混雑ぶりをもっと伝えたかったのですが、ちょうど父上がお帰りになられました」

貧窮者に医療を無料で施す週二回の施療日には、朝の暗いうちから近所ばかりでなく、近在から患者が押しかけた。その多くは付添人があるので、混雑は尋常ではなかった。待合室に入りきれず、玄関や庭も人で溢《あふ》れた。その人たちの中には、手作りの料理や自家栽培の野菜などを持参する者があった。森家の台所も助けられたし、珍品もあり、それはそれで楽しみでもあった。

「長谷川さんは自分が区医制度を推進したとも話されていました。本当ですか」

べら棒の人である。大言壮語しても不思議はないと考えた。

「それは本当だ」

静男は即答した。

静男によれば、貧困者救済の医療は順天堂の堂主、佐藤尚中《たかなか》が熱心に取り組んだ運動で、東京府病院長を務めていた長谷川が推進者だった。

「そんな風には見えませんが」

林太郎の正直な感想だった。べら棒の顔つきから受ける印象は消すに消せなかった。

「さっきもいったが、長谷川さんは馬力と忍耐の人だ。活力があり、頭もよい。医学洋書の翻訳も多数手がけている。武勇もあるが、世の中で何かを成し遂げるのは、ああいう人なのだろう」

静男は長谷川を評価しているのか、自分の言葉を胸におさめる風だった。

「そうでしたか。今日は、近くに来たので寄ったと話していました」

林太郎には、どうもそれだけではないように感じられていたのだった。長谷川の訪問意図が気にかかっていた。

「昔のよしみで立ち寄ってくれたようだ」

静男は残った茶を飲み干し、欠伸をかみ殺すと寝室のほうに向かった。

林太郎は一人、部屋に残された。蒸し暑い夜だった。まだ話し足りない気分もあり、林太郎はよく眠れないような気がした。


それから数日後、林太郎が往診から帰ると、書生の山本が寄ってきて、

「若先生、今日もあの人があらわれました」

と声を落として言った。

「長谷川さんか」

山本の渋い表情を見て、来訪者が長谷川だったことを察していた。

「そうです。大先生としきりに話し込んでいました」

調剤室にいたので、はっきりとはきこえなかったという。

「用件は何だったのだろう」

「あの人は、何かしきりに大先生に頼んでいました」

「何を頼まれたのだろうか。父は断っていたのだね」

「そうです」

「そうか……」

先日は、近くに来たので寄った、と軽く話していたが、やはり用事を抱えての来訪だったようだ。

「何を頼んでいたのだろう」

林太郎はたずねた。

「それはよく分かりません。切れ切れにしかきこえなかったので」

それと、と山本は言いかけて口をつぐんだ。

「それに何だね」

「わたしはあの人が苦手なのです」

最初に訪れたとき、山本が恐れをなした相手である。その印象はそう簡単には変えられないであろう。林太郎はそこで話を切り上げた。

三

その夜、父、静男と母、峰子が話し込んでいた。

「今日も、長谷川さんがお見えになったとか。何か大事なご用があるのですか」

「ちょっと頼まれごとをいわれて少し困っている」

静男はわずかに顔をくもらせた。

「何度もお見えになっている様子ですね。難しいお話なのですか」

「うむ、東京府病院が閉鎖されたので、窮民救済の区医制度が終わるのだ」

区医制度では、区内の住民で、自費では治療を受けられないと判断された場合、有効期限が一ヵ月の施療券が発行された。施療券を配布された患者は、指定された区医にかかり診察を受ける。区医は後日、投薬した処方箋をまとめて東京府病院に提出し、代金を請求する。だが、府の財政悪化のため、この年——明治十四年（一八八二）七月に閉鎖されるに至ったのである。

「終わったのですか。そうですか。長谷川さんにはお世話になりましたね」

「区医の話を持ってきてくれたのはあの人だった。世話にもなったし、いろいろな縁があったのが長谷川さんだったが、今度、警視庁に就職したのだ」

「警視庁に……。医療とは関係ない分野ですね」

「いや、そうでもないのだ。衛生部長に就任したから、検疫《けんえき》関係では今後さらに関係が深まるだろう」

静男は区医としての診療とは別に、住民の種痘《しゅとう》や衛生業務に携わる検疫活動にも長年、従事してきた。

「長谷川さんはわたしに常備検疫医就任を依頼してきている」

「旦那様の活動が認められた証《あかし》ですね」

よかったではないですか、と峰子は微笑した。

「それはよいとして、長谷川さんは、警視庁からいずれわたしを褒賞して、さらに謝金を出そうと段取りをつける気でいるのだ」

困っている、と静男は言った。

「だめなのですか」

峰子は不思議そうに問い返した。

「褒賞については受ける気になれない。晴れがましい席は苦手なのだ」

「そうですか」

峰子は残念そうだった。

「当たり前のことをやってきただけだし、大げさな表彰は性に合わない」

夫の言葉に峰子はただうなずくばかりだった。

「理由をもう一度話して断るつもりだ」

静男は決意を示すためか、口を固くつぐんでみせた。

そのとき、林太郎は自室で読書の最中だった。両親の話は知り得なかった。

四

林太郎はこの日の午前中、橘井堂医院で父とともに通常の診療に携わっていた。ちょうど、患者が途切れたときだった。

林太郎は診療録に目を落としている父に、

「父上。今日あたり、またあの人が来るかもしれませんね」

と声をかけた。

「長谷川さんか」

長谷川泰が数日前に初めて訪れてから、ほぼ一日おきに橘井堂医院を訪ねてきていた。

「そうです。そろそろあらわれてもよさそうなころです」

「勘が働くようだね」

「もしあらわれたら、お会いになるのですか」

林太郎は迷惑そうに迎えている父に同情の気すら生まれていた。

「せっかく来てくれるのだからなあ」

と静男は手にした診療録を机に置き、窓に寄って外の盆栽を見つめた。

朝の陽射《ひざ》しが手入れの行き届いた鉢植えを明るく照らしている。

「そうですか」

林太郎は、律義《りちぎ》な父だから会わずに帰すなどあり得ないと思った。問題は長谷川の訪問意図だが、父にきいてもまともな返事はなく、未だに不明だった。

しばらくすると、診察室につながる調剤室のドアが音もなく開いた。書生の山本が素早い身のこなしで入ってきて、静男に近づき、

「あの人が来ました」

とささやいた。

「そうか」

来たか、と静男はつぶやくと、

「ここでは何だから庭で会おうか」

と言って調剤室に向かった。調剤室には庭に通じる扉があった。

林太郎は診察室を出ていく父を見送ってから、窓際に寄り、硝子《ガラス》越しに庭へ目をやった。

庭には長谷川が居住まいを正して佇《たたず》んでいた。鼠色《ねずみいろ》の上着とズボンという洋装で、身綺麗《みぎれい》に整えている。

そこへ父が近づいていくと、長谷川は深く一礼して、すぐさま父に身振り手振りで語りかけた。

時折、父が短く応じていたが、二人の話し声はきこえなかった。長くなりそうな気配だった。

五

庭は手入れが行き届き、樹木や鉢植えは瑞々《みずみず》しく緑が映えている。園芸には時間を惜しまない静男の熱心な世話と管理、剪定《せんてい》の賜物《たまもの》だった。

庭木とは別に、雛壇《ひなだん》には松や南天、柘榴《ざくろ》、梅、万両《まんりょう》、サツキ、柳などの鉢植えが並べられている。小菊が多くの蕾《つぼみ》をつけ、二つ三つが黄色い花びらを開いていた。雛壇の脇には水やりのために大釜が用意され、常時、水が張ってあった。

静男は長谷川に、

「また例の話で来たのですか」

ときいた。

「そうです。何とか受けてもらえると助かります。上にも報告できますし。森さんに首を縦に振っていただければ、それで済むのですがね」

長谷川は説得調だった。

「何度もいっていますが、晴れがましい席に立つのが苦手なのです。それに、わたしは当たり前のことをしているだけですので、褒賞などには値しないはずです」

「そこが違うのです、森さん。われわれ関係者が集まって議論した末に決めたことですので、どうぞ、そうおっしゃらずに受けてもらえませんかね」

長谷川は頭を下げた。

「申し訳ないがお断りします」

静男は控えめに応じた。

「そうですか……」

長谷川は残念そうだった。

「どうだろう。この件でここに来るのは今日でやめてほしい。あなたもこんな遠方まで何度も足を運ぶのは無駄ではありませんか」

「無駄などとんでもありません。しかし、分かりました。ちょっと考えさせてください」

と口にしながら長谷川はあたりを見回して、急に気づいた風に、

「それにしても、きれいなお庭ですね」

と言った。

庭には塵《ちり》一つ落ちていなかった。朝の掃除は静男の日課だった。樹葉に朝露が光る時間に竹箒《たけぼうき》を使うのは、静男にとって、心まで掃き清められるような気がする至福のときだった。

長谷川はさらに庭を見渡し、ふと、焦茶色《こげちゃいろ》の平たい円形の鉢に植えられた盆栽に目を止め、

「これは何の木ですか」

ときいた。

根元に苔《こけ》が群生した中に、葉を繁らせた細く白い幹が林立していて、さながら深い森を思わせる鉢だった。

「橅《ぶな》の木です」

静男は鉢を見つめて言った。

「橅ですか。手入れもたいへんなのでしょうね」

「この鉢は水やりと新芽摘みに気を使いますね」

と応じながら、静男は根元の苔草に手をやり、長く伸びすぎた二、三本をむしり取った。

長谷川はしばらく樵の鉢を見つめていたが、やがて、神妙に語り始めた。

「わたしがここまで熱心に森さんの褒賞を勧めさせていただくのは、森さんの生き方に感動しているからなのです」

「生き方？」

静男は訝《いぶか》しそうに長谷川を見つめた。

「森さんは、この千住で人生の目標をきちんと叶《かな》えている」

「目標といいましたか」

「この橘井堂医院です」

長谷川は医院の建物に目を移し、両手を広げて医院を指し示した。

「どういうことですか」

静男はあらためて長谷川に向かい合った。

「佐倉でともに学んでいたとき、森さんから人生の三つの目標をきかせてもらったことがあります」

長谷川はそう言いながら三本の指を立ててみせた。

「そんな話をしましたかね」

静男は首を傾《かし》げた。

「しましたよ。佐倉順天堂の教舎の庭でききました」

わたしは忘れません、と長谷川は自信を込めていた。

「そうですか」

静男はまだ半信半疑だった。

「森さんは幼いころ、郷里を流れる川が増水しては洪水になるのを体験して、三つの目標をたてましたね」

「確かに、三つの誓いをたてました」

子ども心に故郷を救いたいと考えたのだった。郷里の防府、植松村《うえまつむら》地域を流れる佐波川《さばがわ》は毎年のように溢《あふ》れて大洪水をきたし、周辺に暮らす住民や農民が困窮するのを目の当たりにした。そこで静男は地域の救済のために、教育の場、医療施設、農業土木技術所の三つの施設の建設を考えたのだった。

「その目標を話したのですね」

「ええ。ききました」

「そうでしたか」

静男は我ながら驚かずにいられなかった。これまで他人には話した覚えがないと思っていたが、長谷川には伝えていたようだ。さらに、長谷川が十五年以上経った今でも覚えている、その事実に驚いた。

「そのとき、森さんはこんなことをしました」

と長谷川は言うなり、その場に座り込むと、庭の一画にまかれた小石に手を伸ばして三個を拾った。

「このように、順天堂の教舎の庭に落ちていた石を三個拾いました」

長谷川は手のひらの小石を示した。

「そんなこともしたのですか」

「それから、その石をわたしの手に載せたのです」

三個の小石を見つめながら、長谷川は当時を回想しているようだった。

「森さんは三つの目標を定めると、佐波川で三個の丸石を拾ったそうですね」

「ええ。拾いました。それも話しましたか」

「ききました。そして、決意の証として、その石を生家の敷地に埋めましたね」

「そうです。埋めました」

生家の裏門の片隅に埋めたのだった。

「あの教舎の庭で話した森さんの真剣な表情は忘れられません」

「若いころの話です。お恥ずかしい。それを話したこともわたしはよく覚えていないのです」

長谷川は鮮明に記憶しているようだったが、静男は何も覚えていなかった。

「そうですか。わたしはあのとき渡された三つの石を今でも持っています」

「えっ、その石を今でも?」

静男はただただ驚いた。もう十五年以上を経ている。

「家の大切な場所にしまってあります。わたしはわたしなりに人生の目標を持っています。その決意が揺らぐとき、三つの石を取り出して励ましの糧《かて》とするのです」

「糧に……」

「そうです。わたしは医科大学を作りたいと数年前から活動していますが、これは諦めません。必ず実現します」

このときすでに長谷川は小規模ながら、医師養成所「済生学舎《さいせいがくしゃ》」を設立していた。ここから、のちに野口英世《ひでよ》や東京女子医科大学を創立した吉岡弥生《やよい》など、多くの西洋医を輩出している。その養成所の芽は後年、日本医科大学へと引き継がれる。

静男は三つの石が長谷川にそれほどに大切にされているとは知らなかった。

「今日は不思議な話になりました」

これで失礼します、と長谷川は一礼すると、そのまま庭を横切り帰っていった。

静男は長谷川の後ろ姿を見送ったあとも、しばらく佇んでいた。

六

林太郎は日ごろ橘井堂医院を手伝う一方で、好きな漢詩を作っていた。その腕を磨くため千住の中組に住む漢方医、佐藤元萇《げんちょう》に師事し、しばしば自宅を訪ねていた。漢文は依田学海《よだがっかい》に学び、漢詩は佐藤元萇だった。漢文、漢詩においては、この二人を師と恃《たの》んでいる。

この日も元萇宅を訪ねると、元萇は広々とした書斎で、書架を背にして籐椅子《とういす》に座っていた。

「先生、お身体《からだ》の具合はいかがですか」

このところ元萇の体調が思わしくなく、林太郎は気がかりだった。六十代半ばの年齢相応に腰を痛め、胃腸の調子も崩していた。総白髪《そうしらが》の髪も心なしか艶《つや》がない。

「まあまあだ。もうすぐ悪天候になるようだ。腰が痛む」

高齢の元蓑は気候に左右される身体になっているようだった。

「五首ばかり詩を持ってきましたが、添削していただけますか。それとも、日を改めましょうか」

林太郎は控えめにきいた。

「なに、大丈夫だ。詩を読むくらいできなくてどうする」

元蓑は小柄な身体を籐椅子から起こした。みずから漢詩を作るのも、他人の詩を鑑賞するのも好んでいた。すぐに朱筆を手にして林太郎の原稿に目を落とした。

林太郎が元蓑の門を敲《たた》いて一年ほどが経過する。医学生時代、学問のために学問をする、と勉学の方向づけをしていた林太郎にとって、元蓑ほど魅力的な知識人はいなかった。

元蓑は、幕府の医学校「医学館」の最後の教授で、漢方医書考証学の第一人者だった。一方で林太郎は、漢方の名医であり、詩、歌、俳句を嗜《たしな》んだ祖父、白仙《はくせん》の学問や足跡が気になっていた。漢方を学問として認識し、学生時代に『傷寒論文字攷《しょうかんろんもじこう》』を購入したのも、白仙を理解したいがためである。漢方考証学派の元蓑は漢方医学や古典籍を知悉《ちしつ》していて、林太郎が求めていた恰好《かっこう》の研究者だった。その人物が同じ千住に住んでいたとは、天の配剤としか考えられない。林太郎が晩年に『渋江抽斎《しぶえちゅうさい》』『伊沢蘭軒《いざわらんけん》』『北条霞亭《ほうじょうかてい》』の史伝三部作を執筆したのは、元蓑との出会いなしにはあり得なかった。

元蓑が漢詩を添削している間、林太郎は書架に並んだ漢方の古典籍を閲覧した。学問のための学問ができる楽しいひとときだった。

やがて、元蕓は朱筆を置き、原稿を林太郎に返した。

「ありがとうございます」

林太郎は一礼した。原稿用紙には細かい文字で漢詩が直されていた。林太郎がさらに推敲を加えて再訪し、口頭で指導を請う段取りだった。

「ところで、勝寿《かつとし》さんはご在宅ですか」

原稿を鞄《かばん》に納めながら林太郎はきいた。斎藤勝寿は再婚した元蕓の後妻の連れ子だった。

「今は留守だ。今日はお宅の森家にでかけているはずだが」

元蕓は籐椅子にくつろぎながら言った。

「そうでしたか。入れ違いになったようです」

勝寿は林太郎より二歳年下で医師をめざしている。森家に親しく出入りし、妹、喜美子の漢学の家庭教師を務めていた。「鷗外」の号を使っていて、後年、林太郎に譲ったといわれている人物である。

「それでは、今日はこれで失礼します」

挨拶後、林太郎は元蕓宅を辞した。

帰り道、あたりは黄昏《たそがれ》が迫っていた。日光街道を進み、千住一丁目の路地に入ろうとしたとき、背後で誰かに呼び止められたような気がして、林太郎は振り向いた。

そこへ人力車が停《と》まり、見知った人物が車から降りてきた。

「林太郎さんだね」

鳥打帽を被《かぶ》った男は長谷川泰だった。

「ちょうどよかった。今あなたの家に行こうと思っていたところだ」

この日の長谷川はいかつい顔ながら態度をやわらげている。どことなく微笑さえ浮かべていた。

「何かご用でしたか」

林太郎はたずねる。

「お父上に会いに行くつもりだったが、伝言をお願いしたい。一言《ひとこと》、褒賞は止《や》めにした、と伝えてほしい」

「褒賞？」

「お父上が窮民救済の医療に貢献しておられるので、常備検疫医に就いていただき、警視庁からも褒賞の準備をしているのだが、受けてもらえないのだ」

「そういう話でしたか」

林太郎は納得した。最近、長谷川がしばしば父を訪ねてきている理由がようやく分かった。

「お父上の頑固さにはほとほと困った。まったく呆《あき》れてしまった」

「父は人前に出て話をするのさえ苦手な人です」

父が向島の医師会の集まりの席で、診療にまつわる講演を頼まれたことがあった。口下手で自信がないという父に、林太郎があらかじめ原稿を用意し、事なきを得て父から感謝された旨を長谷川に話した。

「晴れがましい席はもっと嫌いなはずです」

林太郎は父の性格を強調した。父はあくまでも寡黙《かもく》で地味な人だった。

「どうもそのようですな。残念だが、われわれも諦めました。根負けだ」

負けました、と長谷川は分厚い唇から言葉を吐き出して、人力車に乗り込み帰っていった。

帰宅して、長谷川の伝言を話すと、父は、

「そうか」

と一言口にしつつも小さく首を傾げた。

林太郎は安堵《あんど》していない父が意外でもあった。

七

その夜、静男は峰子に褒賞が取り下げられた旨を伝えた。

「そうでしたか。それでは安心ですね」

と峰子は表情を和《なご》ませた。夫が気をもんでいる一件がこれで解消され、妻としても安心した。

「そうなのだが……」

静男は歯切れが悪かった。

「よかったのではないのですか」

峰子は不本意な顔をしている夫が解《げ》せなかった。

そして、静男は意外なことを口にした。

「じつは褒賞を受けようと考え直していたのだ」

静男はそう言ってから、気まずそうにしばらく黙っていた。

「事情が変わったのだ」

静男は峰子に、三つの石にまつわる話を語ってきかせた。郷里、防府で埋めた三つの石、佐倉順天堂で手にした三つの石。さらに、今でも石を大切に保管している長谷川の想い――。

「わたしのことをそれほどまでに買ってくれている人の善意と熱意を無にしていいのだろうかと思い始めた。すると、些細《ささい》なことにこだわっている偏狭な自分が嫌になってしまったのだ」

肩をすぼめた静男は小声だった。

峰子はただただうなずくばかりだった。

その翌朝、朝食時に静男は林太郎に、

「林太郎、すまないが長谷川さんを訪ねて褒賞を受けますと伝えてきてほしい」

と言った。

「えっ、受けられるのですか」

林太郎は強く拒否していた父の心変わりが理解できなかった。

「そうだ。気が変わったのだ。行ってきてほしい」

父が恐縮しているのは林太郎にもよく分かった。

この際、余計な問いかけは控えるのが得策と考えた。

「行ってきます」

と答え、朝食後、早々に家を出て、鍛冶橋《かじばし》の警視庁を訪ねた。入口の門には衛視が警戒し、林太郎は用件を厳しく尋ねられた。屋根に瓦を置いた庁舎は寺院を思わせる造りだった。

広々とした執務室で長谷川は椅子に深々と座っていた。重職を担っている役人の風格のようなものを漂わせていた。

林太郎が父の言伝《ことづて》を話すと、

「何っ」

と大声を発し、身を起こした。

長谷川が父の気まぐれに怒りをあらわにしたのだと一瞬、身構えた。

「受けてくれるか」

長谷川は頬《ほお》を緩め、穏やかな顔つきだった。

「そうか。ありがたい」

と長谷川は微笑んだ。父がなぜ翻意したかの詮索《せんさく》はなかった。

すると、急に、

「一つ、頼みがある」

と長谷川は机の抽《ひ》き出《だ》しを開けて小さな箱を取り出した。

「これをお宅の庭に返してほしい」

と小箱の中の物を机の上に一つ一つ丁寧に置いた。三個の石だった。

「この前、お父上と話しているときに庭で拾ったのだが、そのまま持ち帰ってしまった」

必ず元に戻してほしい、と念を押した。

「分かりました」

と林太郎は三個の石の意味も分からないまま鞄《かばん》に納めた。

帰宅後、林太郎は庭の片隅にしゃがみこんだ。同じような小石がまとまって散らばっている場所である。三個の石を一つずつ、丹念に眺めながら元に戻した。何の変哲もない路傍の石のように見えた。


その日の午後、林太郎は、不思議な三個の石を庭に戻したことを伝えてから、

「父上、あの三個の石は銘石なのですか」

とたずねた。

「ああ、あれか。あれは綾瀬川《あやせがわ》の河川敷で拾ってきたものだ」

何でもない、と素っ気なかった。

ならば、なぜあのように長谷川は大切に扱い、必ず元に戻すように、と真剣に言ったのか不思議だった。だが、父への褒章は慶事であるし、受諾の経緯を蒸し返して台無しにしては元も子もない。

父には何もきかなかった。

林太郎が、故郷で埋めた父の三つの石にまつわる想いを知ったのは、ドイツ留学を果たしたのちのことだった。

第五話　帰り道

一

若い女患者が診察室を出ていった。

しばらくして、書生の山本が、

「今の患者、どうも怪しいですね」

と林太郎の耳元で声を落として言った。

怪しいという言葉に違和感を覚えて、林太郎が黙っていると、

「そんなに具合が悪いようには見えないのです」

と続けた。

「そうかな」

と応じながら林太郎は、いま帰った患者、磐田《いわた》順子《じゅんこ》の容態を少し思い返した。

「あの娘は、このところ二、三日置きに来診しています」

山本の指摘に林太郎はうなずいていた。言われてみれば確かに、この十七歳の患者は頻繁に来院していた。日光街道筋で古くから店舗を構える乾物屋《かんぶつや》「いわた屋」の娘だった。目の大きな、色白の愛嬌《あいきょう》のある顔だちをしている。三筋格子《みすじごうし》柄《がら》の薄茶の着物を着て、髪は銀杏返《いちょうがえ》しに結っていた。

「初めは胃痛で来ていましたが、治ったはずです。すると、腰が変だといい始めました」

林太郎も臨床過程を振り返っていた。胃の痛みには、大学で習った重炭酸《じゅうたんさん》ソーダと次硝酸蒼鉛《じしょうさんそうえん》の組み合わせの薬を処方するとよく効いた。その後、急に腰痛を訴え始めた。その原因は本人にもよく分からないというので、指圧と温熱療法で様子を見ていた。

「腰の痛みはどうなったのか、今日は胸のあたりが刺し込むように痛いとかいっていました」

「確かに……」

「しかし、咳《せき》も熱もありません。顔色も普通でした」

磐田順子の血色はもともと良いほうではなかったが、今日の顔色が特別悪いとは思えなかった。

「怪しいと思いませんか」

と山本は林太郎の顔色を窺《うかが》うような眼差《まなざ》しを向けた。

――この男は何が言いたいのだろう。

そう思いながら、林太郎は山本の次の言葉を待っていた。

山本は林太郎と同世代で、医者をめざし書生として住み込みで働いている。医術開業試験を受けて医者の資格を取るのを目標にしていて、下働きや代診に陰日向《かげひなた》なしに励んでいる。ただ、噂話《うわさばなし》や流行に敏感で、それは若者らしい好奇心と言えなくもないが、軽はずみな一面もあった。

「あの患者は何か目的があって頻繁に来院しているのだと思います」

「仮病だというのかね」

林太郎は口にしたくない言葉だったが、仕方なしに吐き出していた。

「そうです」

その言葉を待っていたように山本は断言した。

「仮病まで使って、若い女患者が治療以外にどんな目的があるというのだ」

「そこです」

山本は一呼吸置いて続けた。

それは林太郎を驚かさずにはおかなかった。

「あの娘は若先生を目当てに来ているような気がします」

「どういう意味だ」

林太郎は眉をしかめて問い直した。

「若先生を慕っているように思えます」

まさかと思ったが、林太郎は黙っていた。

「若先生から診察を受けているときの、あの患者の目は普通ではありません」

「どうなのだ」

「憧れというか、熱い眼差しを向けています」

「どうかな」

「いえいえ、初めはわたしも、まさかあり得ないと思っていましたが、今日、はっきりしました。匂い袋を忍ばせていましたのも、若先生の診察を意識してのこととしか思えません」

山本の口調は熱を帯びていた。

「硝子《ガラス》でできた簪《かんざし》も、来るたびに色変わりしています」

「そうか」

林太郎はよくそのようなところに気がつくものだと感心した。

「あの娘の目的は治療ではなく、若先生なのです」

「あり得ない話だ」

林太郎は言下《げんか》に否定した。

「失礼ながら、若先生は女性で苦労された経験がおありではありませんから、女の心持ちがあまりよく分からないのではありませんか」

「そうかな」

山本にそこまで言われると、反発心も起こってくる。そう言うお前はどこまで分かっているのだ、と反撃したくもなったが思い止《とど》まった。

「おそらく仮病に違いありません」

山本はふたたび強く言い放った。

「まさかとは思うが、今度来たらちょっと気をつけてみよう」

山本の語気に押されて、林太郎はそう応じていた。確かに、磐田順子は胸の訴えなのに、咳も熱もなかった。山本の言うことにも一理あると思った。

――しかし、やはりあり得ない話だ。

林太郎は胸の中でつぶやいていた。

山本が次の患者を呼んだので、磐田順子の話はそこで終わった。

二

その夜、林太郎は寝床に横になってもなかなか眠れなかった。直前まで読んでいたかなり難解な独語の医学書のせいかと思ったが、そうでもない。昼間に診察に訪れた女患者、磐田順子について気になっていた。

「あの娘の目的は治療ではなく、若先生なのです」

と言う山本の言葉が耳の奥で甦《よみがえ》っていた。

まさかと思う一方で、少し気になる自分がいて、林太郎は我ながら戸惑《とまど》っていた。

悪い気持ちがしていないのは事実だ。

――もしかして、わたしに気があるのか。

そう言えば、聴診器を当てているときの彼女の恥じらいに似た仕種《しぐさ》は、林太郎を意識していればこそとも思える。しかし、胸をはだければ若い女性なら誰もが恥ずかしく思うだろう。

「若先生を慕って来院している」

とも山本は言った。

山本は決して人を冷やかすような男ではない。目の細い、いわば田舎くさい顔だちながら、裏表のない信州男子である。その男の言葉だから信じていいとは思う。

磐田順子の話の一方で、林太郎には思い浮かぶ女がいた。

——秋貞《あきさだ》の女……。

磐田順子と年恰好《としかっこう》が似ている。

林太郎は医学生の時代、寄宿舎生活を送っていたが、休日の前日には千住の自宅に帰るのが習慣となっていた。本郷からの帰り道は根岸に出て、千住大橋に通じる通新町《とおりしんまち》を行く。少し北方向に進んで右折すれば遊郭が軒を並べる吉原だった。その角の南側に、石の玉垣《たまがき》のある小さな神社が建っており、向かいには「秋貞」という名の道具屋があった。

林太郎は千住の行き帰りに、この店先にいつも立っている娘を見るのが楽しみだった。

娘はとりたてて美人ではないが、なまめかしい雰囲気があり、着物といい、髪型といい、派手な装いが似合っていた。これが「秋貞の女」である。名前も、歳も知らない。

林太郎は自宅との往復で、店先にこの娘が立っているのを見かけると、心満たされた気分に浸れた。だが、娘に会えなかった週は、何やら沈んだ気持ちになったものだった。

林太郎は秋貞の女の顔を覚えてから、長年にわたり、この娘を美しい夢の主人公にしていた。実在の娘であるにもかかわらず、言葉をかけるでもなく、空想の中の娘として心に描いていた。

そして、この度《たび》あらわれた磐田順子という患者は、秋貞の女と年恰好など、どこか重なる部分も多かった。愛嬌があるところも同じである。

――秋貞の女は今、どうしているだろう。

大学を卒業し、本郷と往復する機会が失われてしまった現在では、その後の様子は分からない。それほど前の話ではないのに、遠い昔のような気もする。

――あれが初恋だったのか……。

考えてみると、秋貞の女といい、磐田順子といい、女の存在で揺れ動いているおのれがいる。

山本は、磐田順子の一件で、

「若先生は女の心持ちがあまりよく分からないのではありませんか」

などと、きき捨てならない発言をしている。

女と個別に親しく会話したり、食事をともにしたりの経験はない。女性に未熟なのは確かだ。

それにしても、磐田順子は林太郎を目当てに来院しているのか。

――本当だろうか。

今度来たら、よく観察してみよう、などと考えているうちに眠りに落ちた。

三

その翌日、林太郎が午後の往診から帰ると、賀古鶴所《かこつるど》が訪ねてきていて書斎で待っていた。

賀古は片手をあげ、野太い声で、

「久しぶり。おぬし、元気そうで何よりだな」

と言って、林太郎の全身を眺め渡した。体調を観察している風だった。

「賀古こそ元気そうだ」

林太郎も賀古を一瞥《いちべつ》して言った。気の置けない相手だと、患者と接しているのと違い、安心して話ができる。心身ともにくつろげるひとときだった。

「軍人生活も板についたようだな」

林太郎は賀古の軍服姿を初めて目にした。服の胸には肋骨《ろっこつ》を浮き出したような太い飾り紐《ひも》が付いていた。

「まあまあの生活だ。軍隊も学生も生活にそう違いはない」

「そうか」

林太郎はうなずいて、

「今日はどうした、急に」

とたずねた。

「ドイツ留学への方法を何か考えているか」

賀古はいきなりきいた。

「その話か……」

林太郎は口ごもった。

「あるような、ないような」

「はっきりしないな。だが、こっちのほうで一つ、動きがある」

「ほう」

何だろう、と林太郎は関心を示した。

「小池正直《まさなお》がおぬしの推薦を考えている」

「推薦？」

「ああ。陸軍への仕官だ。四月に上司の石黒忠悳《ただのり》に推薦文を出したが、卒業した今、再度送る計画のようだ。みんなおぬしを応援している」

林太郎は複雑な心理に駆られた。同級生の小池正直は、賀古同様、陸軍省の給費生だったので卒業すると陸軍に仕官している。推薦はありがたい話ではあるが、一方、将来は自分の手で切り拓《ひら》きたいという気持ちも強かった。

「今後どうなるか何ともいえない」

と賀古は静かな口調だった。

「ところで、新婚生活は上手《うま》くいっているのか」

賀古は卒業直前の六月に結婚していて、林太郎から見ると、人生の先輩のような頼りになる男だった。

「軍隊生活同様、こっちも、まあまあだ。結婚などしてみると分かるが、案外、気楽なものだ」

「それは、賀古が好きなようにやっているからで、奥さんのほうは違った感情を持っているかもしれないぞ」

「さて、どうかな。考えたこともない。おぬしも機会があったら結婚してみるものだ」

「そんなものか」

「早めに結婚するに限る」

賀古は強調した。

林太郎はふと思いつき、

「これは仮の話だが、もし賀古が受け持ちの女患者から好意を寄せられたらどうする」

と問いかけた。

賀古は間髪《かんはつ》を入れず、

「よくある話だ。医者もつい同情して患者に寄り添いすぎてしまうが、方策は決まっている」

と言い放った。

「どうする？」

「商売品には手をつけるな、が原則だ」

「そうか」

「教師と教え子も同じで、生徒に同情や恋愛感情を抱いていたらきりがないし、示しもつかない」

「そうだろうな」

林太郎はうなずいた。

「何かあったのか」

賀古が林太郎の様子を窺うようにきいた。

「いや、何も」

林太郎は首を振った。

「仮の話ならいいが、その手の話には気をつけるに越したことはないな」

賀古は注意を促し、

「小池の関係で動きがあったらまた来る」

と言って足早に帰っていった。

四

それから数日後、一日の診療が終わり、林太郎は父、静男の部屋に呼ばれた。

父はいつものように木綿の濃茶色《こいちゃいろ》の和服に着替えて、くつろいだ様子だった。

「今日、山本を同行した往診の帰りに不思議な光景に出会った」

と静男は話し始めた。

「不思議……」

林太郎はつぶやきながら父の言葉を待った。

「三丁目にさしかかったとき、乾物屋の娘が急にあらわれ、山本に何か手渡そうとしたのだ」

「乾物屋？　いわた屋ですか」

林太郎は磐田順子を思い描いた。

「ああ、そうだ。何か、渡す、渡さない、としきりにいい合っていた。押し問答だ」

「何を渡していたのですか」

「それが、よくわからないのだが、白いものがちらりと見えたから、あれは封筒だろう」

「封筒ですか」

「いい合いの最後に、娘はお願いします、といって、白いものを山本の袖口に押し込むと、走って行ってしまった。山本は困ったように娘を見送るばかりだった」

あんな途方に暮れた山本を見たのは初めてだ、と静男は言った。

「中味は何でしょうか」

「分からない。医院に帰ってから山本にきいても何も答えないのだ」

静男は首を傾《かし》げながら口にした。

「手紙か、お金が考えられますが」

と林太郎は問いかけた。

「普通なら、そのはずだ。だが、金とは考えられない。山本は金銭にはきれいな男だから、金だったらすぐにわたしに出すはずだ」

「すると、手紙でしょうか」

「だろうな」

と言って、しばらく考えてから、

「恋文かもしれない」

と言った。

「恋文ですか……」

林太郎はつぶやいていた。

「山本の様子がおかしい。間違いないだろう」

と静男はうなずいていた。

林太郎は託された封書の中味は恋文だろうと確信していた。山本は磐田順子が林太郎を慕って来院していると熱弁をふるっていた。彼女は林太郎への恋文を山本に預けたに違いなかった。

——恋の橋渡し。

もちろん、父はその間の事情を何も知らない。途方に暮れた山本を見て驚くばかりだった。

磐田順子は胸痛で来院して以来、なぜか橘井堂《きっせいどう》医院に来ていない。山本は多忙なのか、彼女について話題にもせず、また、路上で受け取ったはずの封筒の中味についても何も触れなかった。

気になる日々が続いた。

五

橘井堂医院の午後の診療が終わった。

最後の患者が帰ったあとの診察室は空虚な静けさに包まれる。この日の診察室は父の静男と林太郎だけだったので、なおさら空虚感が漂っていた。

静男は診療録の束を繰っていたが、ふと手を止め、

「山本はどうした」

ときいた。

「三丁目の小野寺宅に薬を届けに出かけています」

林太郎は答えた。

「そうか……」

静男は少し考える風だった。

「何かありましたか」

林太郎は聴診器を掃除する手を休めて、父のほうに目を向けた。

「いや、山本が受け取った封筒の一件はどうなったかと思ってね。三丁目といえば、山本がいわた屋の娘から封筒を渡された場所だ。その後、何か話していたか」

「いえ、何もきいていません」

あれから数日を経ている。林太郎は封筒を手渡す現場にいなかったのである。その中味の話を山本に問いかける訳にはいかない。

「父上はきいていませんか」

「きいていない。今、思い出したので、山本にきこうと思ったのだが……」

いないのか、と静男は残念そうだった。

「帰ってきてもいい時間ですが、遅いですね」

林太郎はそう応じながら、何をしているのかと気になった。考えてみれば、このところ山本が一人で出かけると帰りが遅いようにも感じる。

「そういえば、磐田順子はこのところ顔を見せていないな。胃痛や腰痛でかなり頻繁に受診していたのに」

静男は診療録に目を落として言った。

林太郎自身、何も分からなかった。彼女は林太郎を慕って来院していると山本はしきりに話していた。

「治ったのかな」

「最後は確か胸の痛みを訴えていました」

「そのようだな」

と静男は診療録を確認しながらうなずいた。

しばらくして、

「行かせてみようか」

と言った。

「どういうことですか」

「山本に、何かのついでに彼女の様子を見に行かせようかと思ったのだ」

「それならわたしが行きます」

林太郎は即座に応じた。林太郎にとって、磐田順子は自分の患者だという意識がある。彼女が自分に好意を寄せているか否かは、この際、問題ではなかった。

「そうか。林太郎が行ってくれるか」

頼む、と静男は磐田順子の診療録を差し出した。

その紙を受け取りながら、

「明日にでも出かけてみます」

と林太郎は言った。

「それにしても、山本がおさげ髪の少女から受け取ったあの封筒の中味は何だったのかな」

と静男は首を傾げてつぶやきながら診察室を出ていこうとした。

林太郎はその言葉が気にかかった。

「父上、今、何とおっしゃいましたか」

林太郎の思いがけない勢いに、

「いや、山本が受け取った封筒の中味は何だったのかといったのだ」

と静男は足を止めた。

「それは分かっています。そこではなくて、おさげ髪の少女とおっしゃいましたね」

「ああ、確かにおさげ髪だった。それがどうかしたか」

静男は怪訝《けげん》そうだった。

「銀杏返しに結っていませんでしたか」

磐田順子の髪型は銀杏返しだった。

「いや、二つ結びのおさげだった」

静男は断言した。

「そうですか……」

林太郎は分からなくなった。磐田順子が髪型を変えたのだろうか。しかし、十七歳の娘が銀杏返しを解いて、いまさら幼さの残るおさげに結い直すとは思えない。

——父が見たのは別人だったのではないか？

林太郎はそう推測した。

「それは確かだ」

「父上、山本に封筒を渡したのは確かに、いわた屋の娘でしたか」

「そうですか……。磐田順子は銀杏返しに結っていたものですから」

「そうか。ただ、いわた屋には娘が三人いる」

「三人？　三人もいるのですか」

林太郎は驚きを口にした。

「おさげ髪の少女が三人娘の誰だったかときかれると、もう一度会ってみないと分からない」

「磐田順子ではないかもしれませんね」

「そうだな。林太郎はその娘が磐田順子だと思っているのか」

「ええ、まあ……」

林太郎は曖昧《あいまい》に応じた。父は、林太郎が山本と交わした磐田順子にまつわる話を知らない。

「山本は封筒を渡されて戸惑っていたから、いわた屋の娘と何か一悶着《ひともんちゃく》あるのかもしれない」

静男はそのように想像をめぐらせた。

「どうであれ、林太郎は明日、磐田順子の具合を確認してきてくれ」

と言い置いて部屋を後にした。

残った林太郎は、磐田順子の診療録にあらためて目を落とした。

山本はまだ帰ってこなかった。

六

翌朝、山本が林太郎を見かけると、

「若先生にお話があります」

と必死の形相《ぎょうそう》で近づいてきた。

林太郎はまだ診察室に入ったばかりで、何の準備もしていなかった。

「磐田順子さん宅には、わたしに行かせてください」

挨拶もなしの申し出だった。

「どうしたのだ」

林太郎は山本を落ち着かせるべく、ゆっくりと言葉を吐き出した。

「今、庭先で大先生《おおせんせい》から、若先生が磐田順子を訪ねるときいたものですから」

代わっていただけませんか、と哀願する眼差しを向けた。

「それはかまわないが……」

林太郎はこれまで見たこともない山本の異様な態度に当惑した。

すると、山本はいきなり、

「申し訳ありませんでした」

と深く頭を下げた。

林太郎は戸惑いつつも、

「何があったのだ」

とつとめて平静を保った。

「以前、磐田順子が若先生を慕っていて、病気でもないのに来診しているとお話ししました」

林太郎は黙ってうなずいた。患者から想《おも》いを寄せられるなど考えたこともなかったが、心に小波《さざなみ》が立ったことは事実である。

「あれはひどい勘違いでした」

顔を上げて山本は神妙に口にした。

「勘違い？」

「そうです。勘違いでした。彼女が目当てにしていたのは」

と言いかけて、山本は口ごもって二、三度咳払いした。

「じつはわたしだったのです」

と言ってふたたび深く頭を下げた。

――何っ。

林太郎は何と応じたらよいか、適当な言葉が浮かばなかった。ただ立ちつくして山本の次の言葉を待った。

「先日、往来で彼女のすぐ下の妹からいきなり封筒を渡されました。驚いて中味の手紙を確かめましたところ」

山本はここで言葉を切った。

「そこにはわたしへの想いが綴《つづ》られていたのです。若先生」

と山本は腰を屈《かが》め、申し訳なさそうに林太郎を仰ぎ見た。

「そうか」

林太郎は冷静だった。自分でも驚くほど落ち着いていた。道理で手紙の話をしない訳である。それにしても想定外の成り行きだった。

「わたしはただただ困惑するだけでした」

山本はひたすら恐縮し、

「若先生にはとんだご迷惑をおかけしました。その上、女の心持ちが分からないなどと、たいへん失礼な言葉もかけてしまいました」

とふたたび頭を垂れた。

林太郎はその黒々とした頭髪を見ながら、自分の気持ちを整理していた。

「分かった。手紙は恋文だったのだね」

「そうです。女性からそんな手紙をもらうのは初めてで、お慕いしています、とありました。何でしたらお見せしましょうか」

「いや、それはよい。で、山本、きみの気持ちはどうなのだ」

林太郎はそこが核心だと思った。

「どうしてよいか分からないのです。若先生」

山本は両手で頭髪をかきむしった。

「彼女は若先生を目当てに来院していると思っていました……。それが、わたしに向いていると
は」

山本はふたたび頭髪をかきむしった。

「わたしのことはこの際どうでもよい。きみが彼女をどう思っているかだ」

「それがよく分からないのです。もちろん嫌いではありません。一時《いっとき》うれしい気持ちにもなりまし
た。しかし、このまま突き進んでいいのかと思うと……」

山本は初めての恋文に混乱の態《てい》だった。

若者にとって、恋文はいつの時代も心をかき乱す便りであることに違いない。

――これが、自分だったら……。

もし恋文が自分宛てだったら、と林太郎は考えた。父から白い封筒の経緯をきいたとき、それは
自分に届くのだろうと思った瞬間があった。文面を読んで山本のように思い悩むだろうか。それと
も有頂天になったか。だが、現実は悲しむべきか、林太郎宛てではなかった。

「わたしが今日、彼女を訪ねると知って、代わりに行きたいということだね。会って何を話すつも
りかね」

林太郎はたずねた。

「そこですが……」

山本は口ごもっていたが、

「まだ何も考えていません」

と細い目を少しうるませながら言った。

山本は混乱の極みにある、と林太郎は思った。

「きちんと態度を決めておかないと、会っても相手を困らせるだけではないかと思うのだが。違うかな」

「若先生のおっしゃる通りです。しかし、どうしたらよいか……」

山本は両手で頭を抱えながら椅子に腰をおろした。

——どうしたものか……。

林太郎は対応策を考えめぐらせた。

そのとき、待合室のほうから患者が入室する音がきこえてきた。そろそろ診療開始の時間が近づいてきたようだ。

「では、今日のところはわたしが磐田順子に会って体調を診てこよう」

林太郎はそう提案した。

山本は見動きせず頭を抱えていた。

「しばらく時間を置いたほうがよいようだ」

山本にとって冷却期間になると思った。

が、やがて山本が顔をあげた。

「若先生とお話ししているうちに、ようやく整理ができました」

決心がついたような顔つきだった。

「どうするのだ」

「今日、彼女と会って話します」

「そうか」

「わたしは医者になるべく勉強中の身です。まだ医者の卵にすらなっていません。一人前でもない人間に、恋愛にうつつをぬかしている時間はありませんし、相手に責任も負えません」

ここで山本は一息入れた。

「会ってきちんとお断りしてきます」

と決意をあらわにした。

林太郎はしばらく間をおいて、

「それでいいのかね」

ときいた。他人の恋路に関わったのは初めてだった。仲を裂いたわけではないが、なぜか二人の恋路を邪魔だてしたような嫌な気もしていた。

「決めました。これでもわたしは信州男児のはしくれです」

「分かった」

そこまで言うなら任せるしかないと林太郎は思った。

「では、今日、彼女を診てきてほしい」

林太郎は磐田順子の往診を依頼した。

「分かりました」

山本は診療の準備に入った。その顔つきは晴れやかだった。

七

数日後、林太郎は千住南の往診の帰り道で女の声に呼び止められた。銀杏返しに結って、愛嬌のある女は紛れもなく磐田順子だった。

親しげに寄ってきた彼女に、林太郎が体調を問うと、

「お陰さまで良くなっています」

と答えた。

確かに血色も良くなっている。林太郎は先日、山本から、磐田順子に交際は不可能と告げ、恋文の一件は決着した旨、報告を受けて安心していた。しかし、磐田順子のこの日の様子に少し違和感を覚えた。山本との失意の一件があったのに、晴れ晴れとした表情をしているのは不思議だった。

「先生にはご迷惑をおかけしました」

磐田順子は控えめな口調だった。

「迷惑？　何の話ですか」

「山本さんとの件です」

「もう決着したのでしょう」

「ええ、しました。山本さんにも迷惑をかけました。あんな手紙はやはり出すべきではありませんでした。わたしの身勝手でした」

「恋文を出したのは勇気を奮った末の行動だったのでしょう？」

「そのつもりでしたが、申し訳ないことをしてしまいました」

磐田順子は歯切れが悪かった。

「じつは、あの手紙は出すべきではありませんでした。本当に身勝手でした」

「どういうことです」

「わたしは長女として、婿養子をとって家を継がねばならないのですが、父はその相手に畳屋の次男を当てがおうとしました。それが嫌で嫌で仕方がなかったのです」

磐田順子はそこで押し黙った。

「それで、山本に恋文を出した、と」

林太郎は問いかけた。

「嘘《うそ》でも他に好きな人がいると知れば、父も諦めるかと思ったのです」

浅はかでした、と磐田順子はうつむいた。

「今のことは山本には？」

「話せませんでした」

「そうですか……」

ことの真相を知ったら、山本はさぞかし驚くことだろうと思った。

「わたしの口からは話せません。お伝え願えれば幸いです」

ご迷惑をおかけします、と磐田順子は何度も謝りながら去っていった。

林太郎はその後ろ姿をいつまでも見送った。山本に事実を伝えねばならないと考えていた。気が重かった。

この日の診療が終わってから、ことの経緯を山本に話した。

「そうでしたか……」

山本は目を閉じた。

しばらくそのままでいたが、やがて目を開いて、

「もともと、わたしが恋文などもらうはずがありません」

と小さく笑った。

「でも、いい夢を見させてもらいました」

と言いながら、山本は診察室を出ていった。


その夜、林太郎は書斎で山本と磐田順子の一件を思い返した。

――いい夢。

山本はそう話していた。

自分も夢を見ていたと思った。一時期、磐田順子が自分を目当てに通っているると信じたときがあ

った。

——おめでたい話だ。

秋貞の女はどうだろう。あの娘が店先に立っているのは、ある日の帰り道で、わたしが美しい言葉を投げかける、そのときを待っているのではないか、と想像したものだ。が、これもおめでたい話である。夢だ。

林太郎はふっと笑いを浮かべ、首を左右に振って読みかけの医書を書棚に戻した。

第六話　宝物探し

一

林太郎にとって至福の時間は、夕食後、床に就くまでの読書のひとときだった。書棚の前に立ち、どの本を選びとるかに始まり、書籍を広げて活字を追う楽しみは、知的好奇心が満たされる、一日のうちでもかけがえのない時間だった。

この夜、林太郎が書斎で読書をしていると、廊下に人の気配がして襖《ふすま》が開いた。

林太郎は書面から目を離し、そこに父が佇《たたず》んでいるのを見て驚いた。林太郎の部屋に、それも夜半の父の訪問は、まずあり得なかった。

「どうされました、父上」

林太郎は驚きをそのまま口にした。

「夜分に、急に申し訳ない。本を探している。診察室に置いた本がないのだ。林太郎が持っていったのかと思って……」

静男はそう口にしながら机上に視線を這《は》わせた。部屋を見回し探索する素振りだった。

「いえ、わたしは」

何も借りていません、と林太郎は答えた。

「そうか。どうしたのかな」

静男は首を傾《かし》げている。

「医学書ですか」

「いや、園芸の稀覯本《きこうぼん》だ」

「それは気になりますね。書生にもききましたか」

「もちろんだ。山本はそんな本が診察室にあることさえ知らなかった」

「わたしもです」

山積みされているのは医学関係の書籍とばかり思っていた。

「どこかに置き忘れたのかもしれない」

おかしい、と静男はつぶやいた。

「明日、もう少し探してみよう」

と行きかけて、

「それはどうした？」

と机上の鉢植えの植物に目をやった。

丸い深鉢から、肉厚の細長い濃緑色の葉が十本ほど伸びていた。鳥の羽根に似た箆状《へらじょう》の葉の先端は鋭く尖っている。万年青《おもと》だった。

「若宮町の後藤さんにいただきました」

林太郎がこの日、往診に出かけたときにもらった物だった。

「そうか。あの人は鉢物が好きだからな」

「鉢が増えて余っているようでした。管理はそう難しくないという話でしたのでいただきました」

「ああ。簡単だ。夏の水やりと、冬の寒冷に注意していれば自然に育つ。それもあってか、この頃、万年青が巷《ちまた》で大流行《おおはやり》だ」

「流行っているのですか」

鉢の植物に流行があるなど初耳だった。

「逸品は、家が一、二軒建つほどの値段で取り引きされもする」

「そんなに高価なものなのですか。もらっていいのでしょうか」

「林太郎のその鉢はごく普通の万年青だ。遠慮はいらないだろう」

「そういえば、父上は万年青を栽培されないのですね」

「うむ。どうも好きになれないのだ」

「しかし、父上の蔵書には確か万年青の本もありましたよね」

「まあ、盆栽の基本の一つでもあるからな。林太郎も万年青をこまめに手入れすれば、十年や二十年は育てられるぞ」

「そんなに長持ちするのですか」

「ああ。ただし、手入れが大事だ」

挑戦してみればどうだ、と言いながら静男は部屋を出ていった。

二

翌日、一日の診療が終わって、静男は蔵書をあらためて点検しながら、

「どうやら、あの一冊は盗まれたらしい」

と林太郎に語りかけた。

診察室の窓際には横長の台があり、盆栽が三鉢と剪定鋏《せんていばさみ》、十冊ほどの和綴《わと》じ本、筆記具などが置かれている。橘井堂《きっせいどう》医院院長、静男専用の平台《ひらだい》である。

「誰かが借用しているのではないのですか」

「それも考えて、身近な者にきいてみたが該当者はいなかった」

「そうでしたか」

林太郎はどう応じたらよいものかと思案した。

「窓が破られた形跡はないから、室内に出入りした者があやしい。おそらく、患者が持っていったのではないかと思う」

と静男は言った。

「勝手にですか」

あり得ないと林太郎は思った。もし読みたいのなら借用を願い出ればよいのだ。さらに、それほど広くもない診察室から、医者や書生に気づかれずに本を持ち出すのは相当の勇気と運が必要だろう。

「金庫にしまっているのではない。剝《む》き出《だ》しの本を盗むなど盗人《ぬすっと》にはたやすいに違いない」

「父上は盗まれたとお考えですか」

盗人とは穏やかでなかった。父にしては強い言葉だった。

「間違いない。そこで今日、山本に近辺の質屋を回ってもらった」

「質屋を……」

この時代、書籍は高価で恰好《かっこう》の質草ではあった。

それにしても、父の迅速な行動は意外だった。

「いかがでしたか」

「なかった。もっと遠くの店で売りさばいたのかもしれない」

静男は積み上げた書籍に手を置きながら口惜《くや》しそうに本を眺め渡した。

その父親の様子を見ながら、書籍は父にとってかけがえのない宝物なのだと思った。

「じつは、昨日《きのう》、五丁目で空き巣が入ったときいた。証拠を残さず侵入したらしい。この家にも、その手の連中が入ったのかもしれない」

このころ、明治新政府の下、幕藩体制に縛られていた市民層に流動化現象が起こり、人々が東京や畿内に集まってきた。急激な都市化の動きは、稀薄《きはく》で粗野な人間関係を生み出した。荒れた世相を反映して、窃盗や凶悪な事件が毎日のように発生し、防犯や摘発も追いつかなかった。

「しかし、父上。空き巣なら、それこそ書籍ばかりか、高価な薬剤や医療器具をそっくり盗んでいくのではないですか」

「それもそうだな。いやな世の中になったものだ」

父の慨嘆を林太郎はそのまま受け取っていた。

やがて、静男は、

「分からない」

とつぶやいた。

「もし誰かが盗んでいったとして、どうして一冊だけ持っていったかだ」

そこが分からない、と繰り返した。

「金目当てなら、四、五冊、あるいは全部まとめて持っていけばいいはずだ」

「持ち出す余裕がなかったのではないですか」

「持てなかったか」

そうか、と静男はうなずいた。

「とはいえ、本一冊のことで、警察に届けたくはない。大事《おおごと》にしたくないのだ」

静男は溜《た》め息《いき》まじりにそう口にしながら、診療録を整理し始めた。

三

林太郎が診察室から薄暗い廊下に出たところ、そこに喜美子が立っていた。

「おお、喜美子か」

予想外の妹の登場に、林太郎はいささか驚いた。

「お兄さん、ごめんなさい」

鉢合わせの形になって喜美子は小さく頭を下げた。

そして、何を思ったのか、

「なかきよの　とほのねふりの　みなめさめ　なみのりふねの　おとのよきかな」

と唱えるように口にした。

「どうした、急に」

林太郎は喜美子を凝視した。一瞬、何を言っているのか理解できなかった。

「覚えたばかりでしたので、ついお兄さんに披露したくなりました」

喜美子はいたずらそうに林太郎を見つめた。

「よく覚えたな」

林太郎は十二歳の少女が淀《よど》みなく詠んだ調子に感心していた。

「上から詠んでも下から詠んでも同じです。とても面白いと思いました」

長き夜の遠の眠りの皆目覚め波乗り船の音のよきかな、という歌だった。夢にまつわる回文《かいぶん》である。長い夜の眠りから目覚め、波に乗る船の進む音が心地よい、と読める。

「誰に教えてもらったのだ」

林太郎は学校でそのような言葉遊びを教えるのだろうかと思った。

そのとき、大仰な咳払《せきばら》いがきこえ、喜美子の背後から姿をあらわした男がいた。頬骨《ほおぼね》の張った四角な赤ら顔の、よく見知った大男である。賀古鶴所《かこつるど》だった。

「賀古か……」

林太郎は舌打ちした。

「賀古か、はないだろう」

と半分笑いながら賀古は、久しぶり、と挨拶した。暗い中に佇む賀古は、ひときわ大きかった。

「また、妹に何か悪知恵をつけたな」

林太郎は大げさに賀古を咎《とが》めた。気の置けない友人にならではの戯《ざ》れ言《ごと》である。

「悪知恵をつけるほど、おれは悪《わる》ではない。謹厳実直を絵に描いた男だ」

二人は冗談を交わしながら、やがて林太郎の書斎に落ち着いた。

この日、賀古は林太郎から借用中の医学書を返しにきた。

「急ぐ必要はないといったはずだ」

「ようやく読み終えたのだ。返さないと忘れてしまう」

と言いながら、賀古は分厚い革張りの本を林太郎に返した。

林太郎は本を手にしながら、なぜかその重い感触に安心した。そのとき、一瞬、消えた本に悲嘆する父にも同じような安堵《あんど》感を体験させたいと思った。

「賀古は以前、妹に朝見ていた夢をそのまま見つづける法を教えたようだな」

林太郎はあらためてきいた。

「ああ、あれか」

賀古は照れくさそうにうなずいた。

「あれはおれの体験だ。ある朝、布団の中でぐずぐずしていたとき、夢のつづきを見ることができた。そのときたまたま目を開《あ》けずにいたのだ」

「妹は妙に感心していた」

「そうか」

「その夢は、つづきを見たいほどのよい夢だったのか」

「まあな」

賀古は顎《あご》を撫《な》でながら思い出している風だった。

「よほどよい夢だったようだな」

林太郎は揶揄《やゆ》した。

賀古はそれには答えず、含み笑いの表情だった。

「今日も妹と夢の話をしたのか」

林太郎は二人の会話が気になった。

「うむ。妹さんが花畑で楽しく遊んでいる夢を見たというので、その花の中に、菜の花や牡丹はなかったかときいたのだ。一面、菫《すみれ》ばかりだったという」

「菜の花や牡丹があるとどうなるのだ」

「家が栄える前兆だ」

「夢占いか」

「そんなところだ」

「妹は何かいっていたか」

林太郎は二人が楽しそうに会話している様子が想像できて微笑《ほほえ》ましく思った。

「あまり感心してきいているので、ついでにさっきの回文を教えたのだ」

「それは妹も喜んだだろうな」

「いや、感心した。妹さんは一回であの歌を覚えてしまった。本当に賢い娘《こ》だ」

「そうでもないと思うが……」

林太郎は自分が褒められているようで悪い気はしなかった。

「それにしても、賀古は喜美子と気が合うようだな」

「どうかな。だが、あんなに素直に面白がってくれると、話し甲斐《がい》があるというものだ」

賀古は楽しそうだった。

林太郎は賀古と喜美子の二人は相性が良いと思った。その林太郎も、後年、賀古が喜美子の結婚相手を世話するまでになるとは、このとき想像もしていなかった。

四

「ところで」

と賀古は居住まいを正して林太郎に向き合った。

「おぬしのドイツ留学だが、その後、何か策は考えたか」

野太い声ながらも慎重な言い回しだった。賀古は、文部省からの留学は諦め、次善の策として陸軍への仕官を提案していた。

「うむ……」

林太郎は静かに応じた。

「小池正直《まさなお》も第二弾の推薦文の下書きを終えたときいた」

「応援はありがたいのだが……」

「地方に行く気はないのだろう」

賀古が確かめるようにきいた。東京大学医学部の卒業生には、地方にある医学校の教官への招《しょう》聘《へい》は数多く寄せられていた。

「それはない」

「では、どうする」

賀古はやや苛立《いらだ》っていた。

「ひとつ考えている策がある」

林太郎はまだ決めかねていたが、ここが話すにはよい機会だと思った。

「何だ。それは」

と賀古は叫ぶような声をあげた。

「医学部長に会って留学を掛け合おうと思う」

林太郎は思いきって口にした。

「三宅秀《みやけひいず》医学部長に……」

賀古は目を見開いたまま、その後の言葉が続かなかった。

「三宅部長に直接談判すれば道は拓《ひら》けるはずだ」

良策だと思っている、と林太郎は強い調子で言いきった。

二人の間にしばし沈黙が訪れた。

やがて、賀古が、

「成功するだろうか」

と弱々しい声音《こわね》で応じた。

「分からないが、やってみなければならない」

林太郎の本心だった。そこに突破口を見出したかった。

「それにしても、ずいぶん大胆な策を思いついたものだな」

賀古は驚きを隠さなかった。

「やるしかないのだ」

両親が子のために故郷を離れて上京したのである。その期待に応えるのが子の務めであると林太郎は当然のように感じていた。

「反対なのか」

林太郎は問いかける。

「いや、反対はしない。やってみるがいい。ただ、どれほど力があるかだ」

「どういう意味だ」

「もし、三宅部長がおぬしの力量を認めたとしても、お雇い教師のスクリバを説得できるか否かだ。そのスクリバがいよいよ教壇に登るようだ」

賀古は何気なくそう言った。

そのとき、林太郎の頭の中で弾《はじ》けるものがあった。

「いま何といった、賀古」

林太郎は意気込んでいた。

「だから、三宅部長の力は未知数だといったのだ」

「そこではない」

「スクリバか。いよいよ教壇に立つ」

「そうだ、そうだ。その手があった。スクリバだ。スクリバがいる」

林太郎は叫んでいた。

「どうした、森。何があった」

賀古は林太郎の急変に驚いていた。

「いやいや、賀古は偉《えら》い。犬だ、シェパードだ」

林太郎は戸惑《とまど》う賀古を尻目に一人興奮していた。

林太郎の脳裏に、医学部の校庭でスクリバが投げた球をシェパードが咥《くわ》えて帰ってくる調教の様子が甦《よみがえ》っていた。

五

シェパードが荒い息を吐きながら街道筋を進んでいた。その大型犬を操るのは東京大学医学部のお雇い教師、スクリバだった。

昨日、林太郎を訪ねてきた賀古が何気なくスクリバの話を持ち出したとき、医学部の校庭でスクリバがシェパードを調教している姿を思い出したのである。

――そうだ。シェパードの嗅覚《きゅうかく》を利用して本を探し出そう。

そして、翌日、林太郎はスクリバに依頼して、消えた父の園芸書の探索にとりかかったのだ。急な話にもかかわらず、スクリバがシェパードを千住まで連れてきて、探索に気やすく応じてくれたのはありがたかった。愛犬の能力が確かめられるよい機会だと、むしろ楽しんでいる風である。

「臭《にお》いの元を犬に覚え込ませる必要があります」

とスクリバは言いながら、本と、本に被《かぶ》せられていた布の臭いをシェパードに入念に嗅《か》がせた。

そこには持ち出した人物の臭いも残っているはずだという。今日にかけて雨が降らなかったのは幸運だったようだ。

シェパードは鼻を鳴らし、忠犬らしく臭いを嗅いでいた。

「行け！」

スクリバが鼻の下に蓄えた立派な髭《ひげ》を震わせてドイツ語で合図を送ると、シェパードは診察室の床に鼻をこすりつけるように進み始めた。そして、医院から往来に出てスクリバを先導したのだった。

スクリバは太い紐《ひも》を引き綱にして犬を操作していたが、ともすれば、大型犬の力に負けて引きずられそうになった。シェパードは鼻を鳴らしてあたりを嗅ぎながら進む。スクリバはのけぞりながら犬の歩みに何とかついていった。

林太郎は静男とともに、スクリバとシェパードの後につき従った。

「探せるかな」

と静男が小声で問いかけた。

「犬は人間の五千倍以上の嗅覚がある、すばらしい能力を持っています」

きっと、探し出します、と林太郎は強調した。

「そうかな」

静男は懐疑的な目を向けた。

「しかも、このシェパードは日々、狩猟や軍隊用に訓練を重ねていて普通の犬とは違います」

林太郎はシェパードの潜在能力に期待していた。しかも、スクリバは飼い犬の能力を高めるべく大学の広場で地道な訓練を重ねていた。

「そうだといいのだが」

静男は相変わらず懐疑的だった。

「父上はシェパードを見て驚かれていましたね」

スクリバがシェパードを連れて医院にあらわれたとき、静男が後ずさりするのに林太郎は気づいていた。それは、林太郎が初めてシェパードを目にしたときと同じ反応だった。

「世の中にはこんな大きな犬がいたのかと思った。子牛があらわれたかと驚いた」

と静男は言った。

「わたしも初めて見たときはびっくりしました」

林太郎は父の宝物でもある園芸稀覯本《きこうぼん》のゆくえを突き止めたかった。持ち去ったのは、おそらく診察室に入れる部外者に違いなかった。

――部外者……。

患者以外に想像できなかった。通院、それも長期に通ってきている患者が想定できた。

――それは誰か。

多数の通院患者がいて、その全員を林太郎は掌握していない。父の診療を補佐しているにすぎないのである。

林太郎はシェパードがその特殊な能力で人物を特定してくれることを願った。

シェパードは鼻を地面にこすりつけ、あたりの臭いを嗅ぎながら路地を進んでいた。陽射《ひざ》しを浴び、激しい息づかいだった。

日光街道の千住四丁目の角に来たとき、シェパードが立ち止まり、行く手を迷う素振りを見せた。すると、スクリバはすかさず犬の前に屈《かが》み、持参した本と布を犬の鼻先に近づけて、あらためて嗅がせた。

行け、の掛け声に犬はふたたび地面に鼻を押しつけ進み始めた。スクリバの引き綱は伸びきり、引きずられそうな勢いである。

やがて、シェパードは五丁目の、とある民家の前に来ると、急に激しく吠《ほ》え始めた。犬は前足を踏ん張りながら腰を落とし、空を仰ぎながら連続的に吠え立てた。ここだと言わんばかりの激しい鳴き声が狭い路地にこだました。

「よし、よし」

とスクリバはシェパードの背中をさすりながら、かねて用意していた肉の塊《かたまり》を与えた。シェパードはおとなしくその場に伏せって、肉を頬張り始めた。

スクリバは振り返って、

「この家に間違いないようだ」

と林太郎に言った。

そこには格子戸《こうしど》の門があり、表札に『野田松五郎』とある。その下に、「庭師 丸松」の木札《きふだ》が掛かっていた。

「松五郎さんか……」

静男は表札を見上げながらつぶやいた。

「ご存じですか、父上」

林太郎はたずねる。

「ああ、よく知っている。うちの患者だ」

静男は落胆したような声音だった。

シェパードが嗅ぎ当てた相手が、静男の見知っていた患者だったので、気落ちしたのだと林太郎は思った。

静男は気を取り直し、

「ここは、わたしが一人で会う」

と言った。

「分かりました」

と林太郎は応じた。父親の意向を尊重したかった。ただちに、飼い犬の手柄に満足気なスクリバとともに松五郎宅の門前を去って、橘井堂医院に戻った。

六

静男は門をくぐり、踏み石を進んだ。そして、古びた引き戸を開けて、中に呼びかけた。

奥からしわがれた返事がきこえ、廊下を足音高く踏みながら、六十がらみの日焼けした小柄な男が出てきた。「庭師 丸松」の主人、野田松五郎だった。

「これは、森先生、どうされました」

松五郎は驚きを隠さずに静男を見つめた。額《ひたい》に刻まれた深い皺《しわ》がさらに深くなったようだった。

「往診は頼んでいませんよね」

三年ほど前、松五郎は剪定の作業中に梯子《はしご》から落ちて、腰を打って静男の患者になっていた。季節の変わり目になると痛みが増すようだった。

「いや、いや、往診ではありません。ちょっとうかがいたいことがあって、近くにきたものだから寄ってみたのです」

「そうでしたか。何でしょう」

「どうもこのところ、物覚えが悪くなって。つかぬことをきいて申し訳ないのですが、わたしは松五郎さんに本を貸さなかったでしょうか」

「本?」

松五郎は目を細め、顎を突き出して首を傾げた。

「そう、本です」

静男は繰り返した。

「借りておりません。先生、見ての通りです。わたしは本など無縁の人生です」

「まあ、そうでもないでしょうが、そうか、貸してないですか……」

静男はうなずいた。

「先生は物忘れがひどいとおっしゃいますが、おいくつですか」

「四十七です」

静男は言った。

「まだ、お若いじゃありませんか。物忘れなら、わたしなど年がら年中で、立場はありませんわ。昨日《きのう》も、お客さんの剪定作業がはいっていたのを忘れていました。それも馴染《なじ》みの客だったのですがね、若いのが声掛けしてくれたので大助かり。危うくすっぽかすところでした」

松五郎は短く刈りあげた頭を手のひらで撫でまわした。

「いや、手間を取らせてしまいましたね」

わたしはこれで、と静男は小さく腰を折った。

そのとき、急に松五郎は思い出したという素振りで、

「そういえば、先生、わたしではなく、若いのに貸してはいませんか」

ときいた。

「どういうことですか」

静男は問い返した。

「確か、先生の医院に五日ほど前に寄せていただきましたが、いつものように住み込みの若い衆を付き添わせました」

「若い衆？」

「ええ、見習いの畑岡という男です」

「ああ、あの若者ですね」

静男も見知っていた。ともすれば足元がおぼつかない松五郎には、若者が常に同道して補助していた。二十代半ばの年回りで、痩せて顔も細長く、印象の薄い若い男だった。

「わたしの物忘れをいつも助けてくれる頭のよい男でしてね、陰日向《かげひなた》なく働く、研究熱心な見習いです」

「そうでしたか」

「先生は、その畑岡に貸したのではないですか。あの男なら喜んで本を読みます」

「いや、貸した覚えはありませんが……」

「畑岡は文字も満足に読めないわたしと違って難しい本を読んでいますよ」

と松五郎は口にすると、

「ああ、そうだ」

と膝を打ち、急に奥に引っ込んだ。

すぐに戻ってきた手に数冊の本を持っている。

「住み込みの畑岡の部屋で見かけたのですがね」

と松五郎は和綴じの本を差し出した。

——あっ、それだ！

と静男は危うく叫ぶところだった。

古ぼけた灰色の表紙の和綴じ本は、診察室から消えた本だった。

「江戸時代の本だと思うのですが、わたしなんか、こうやって見ても何が書いてあるのか、まったく見当もつきませんわ」

言いながら、松五郎は手にした本をめくった。

表紙に『花壇綱目《かだんこうもく》』と墨書されている。江戸時代、延宝《えんぽう》九年（一六八一）に刊行された書を筆写して和綴じにした本である。

静男は松五郎から本を受け取り、中身を確かめた。

──間違いない……。

明らかに診察室から消えた本そのものだった。めったに市中に出回らない稀覯本である。

──間違いない。

もう一度、胸の中でつぶやいていた。自分の本が今、手元にあるのが不思議だった。

「もしかして、先生が貸したという本は、その本ではないのですか」

松五郎はきいた。

「さて、どうでしょう。いろいろな人に本を貸していますから、急にいわれると思い出せなくなってしまいます」

静男はとっさにそう答えていた。なぜ、本当のことをいわなかったのか。自分にも分からなかった。

「そうですか。それなら、畑岡が帰ってきましたら、きいてみましょう」

「お願いします。その畑岡さんはかなり勉強熱心ですね。こんな難しく珍しい園芸書を読みこなすのですから」

「二十五にしては大した若者ですよ。わたしの宝物です」

松五郎は自分のことのように誇らしげだった。

「立派なお弟子さんを持って、松五郎さんも幸せですね」

静男は、そう言って、

「それではこれで失礼いたします」

と一礼して玄関を辞した。

静男が千住二丁目まで来たときだった。背後から息せき切って駆けてくる人物の気配を感じて思わず振り向いた。

若い男が静男に向かって全力で走ってきていた。

「森先生、畑岡龍治《りゅうじ》と申します」

と男は息を切らして言った。荒い息で名前を言うのが精一杯の様子だった。

「どうしましたか」

驚きつつ、静男はきいた。

「先生、申し訳ありません」

畑岡は腰を折って深く頭を下げた。

「勝手に本を持ち出してしまいました」

と風呂敷包みから本を取り出した。『花壇綱目』が握られていた。

「本当に申し訳ありませんでした。今度、親方が診察に出かけるときに返却させていただこうと考えていました」

畑岡がさらに深々と頭を下げて本を差し出すのを受け取り、

「話してくれれば貸してあげたものを、なぜ黙って持っていったのだ」

と静男は少し怒りをこめて言った。

「わたしのこの服装《なり》をみてください」

土埃《つちぼこり》にまみれ、破けたぼろ着だった。

「信用されるはずがありません」

「そうかな。世の中、身なりで人を判断する人間ばかりではないぞ。少々見くびられたかな」

「いいえ、そんなつもりはありません。それと……」

言い淀んでいる畑岡の次の言葉を、静男は黙って待った。

やがて畑岡は意を決したように一度唇をかみしめてから、ゆっくりと口を開いた。

「じつはわたしは会津の出です。賊軍だったので、東京では信用されないから出身地を隠せと、故郷《くに》を出るとき強く言われて上京しました。実際、本当のことを話して理不尽な扱いを受けたことが何度かありました。それで絶対信用されないと思い込んでいたのです」

「そういう事情があったのか。未だに官軍、賊軍の考えが残っているとは……」

畑岡はただ神妙にして頭を上げない。

「しかし、診察室には、もっと高価な本もあったし、流行《はやり》の万年青《おもと》に関する本も積んであった。あなたはそれらには見向きもせず、『花壇綱目』一冊だけを選んだ。これはかなり園芸の世界に精通した人物のしたことだと思ったものだ」

畑岡はただただ恐縮していた。

「いつでも借りにきなさい。二度とこのようなことはないように」

静男は少しだけ語気を強めて諭した。畑岡はふたたび深く頭を下げた。

七

その日の夕刻、林太郎はスクリバとシェパードとともに東京大学に帰ってから、あらためて礼を言い、その足で自宅に戻った。

早速、父の部屋に行った。

「父上、どうでしたか、本は」

と意気込んできいた。

「本はあったぞ、林太郎」

と静男は本を握った手を高く上げ、『花壇綱目』をかざした。

「ありましたか、松五郎さん宅に」

「いや、家にあった。居間の簞笥《たんす》の上に硯箱《すずりばこ》があるだろう。あの下に置いてあった。このところ、物忘れがひどいが、今回もうっかりしていた」

「では、盗まれたのではなかったのですね」

林太郎は驚きつつも、戸惑った。シェパードまで動員して探したのである。あれは何だったのか。

「スクリバ先生やシェパードには悪いことをしたな。林太郎にも手間をとらせた」

申し訳なかった、と静男は頭を下げた。

「父上がそんなに謝るほどの話ではありません。それにしても、本が出てきたのは何よりでしたね」

と言ったものの、林太郎はどこか納得できなかった。スクリバのシェパードが松五郎の家を探し当てたのは確かなのだ。

翌日の午後――、林太郎が一人で診察に当たっていたとき、若者が訪れた。

「親方からいつもの薬をもらってきてくれと頼まれました」

と言った。

畑岡と名乗った若者の親方は野田松五郎だった。

――庭師、丸松の主人。

シェパードが吠え立てたあの家の主《あるじ》だった。

林太郎が薬を渡すと、畑岡は、

「若先生におききしたいことが一つあります」

と言った。

林太郎は初対面の若者からの不意の申し出に驚いた。

畑岡は懐《ふところ》から一枚の紙を取り出して、

「この意味がどうしても分かりません」

と示した。

紙には、「羅浮林《らふりん》の春に遊ふ人も有《あり》」と筆で書かれていた。

「この、羅浮林の意味がどうしてもわかりません。若先生は漢学にも長《た》けているとおききしています」

ぜひ教えてください、と言った。

林太郎はその意味を知っていた。羅浮は仙人が住むと伝えられている、中国広東省にある山で、梅の名所だった。

「どこに出ていた文章ですか」

ときいた。

「『花壇綱目』の序、梅の話のところに出ていました」

「『花壇綱目』?」

「大先生《おおせんせい》にお返しした園芸本です」

「そうでしたか」

やはり父は自分の中で、消えた本を処理していた。そして、林太郎が羅浮林の意味を伝えると、畑岡は感謝して早々に帰っていった。

一人残った林太郎は布をまくって、平台に積み上がった本を見た。『花壇綱目』は元の位置に戻っていた。父の宝物がそこにあった。

——よかった。

林太郎は胸の奥でつぶやきながら、布を元通りに被せた。

第七話　道場の花

一

このとき、林太郎は往診の帰りで、千住二丁目の路地裏の四つ角にさしかかっていた。

右側から速度をあげた人力車があらわれたのでやり過ごすと、急に若い男が横手から疾走してきた。

「あっ!」

と林太郎が息を呑《の》んだときには、男と人力車はぶつかっていた。

出会い頭《がしら》の衝突だった。

人力車は大きく横に傾いたものの、車夫が梶棒《かじぼう》を握りしめたのか横転を免れた。一方、若い男は梶棒に激突して跳ね返され、人力車のかたわらに倒れ込んだ。

一瞬の出来事に、林太郎が身をすくませていると、四十がらみの女が男に駆け寄り、

「その石、投げて！」

と指さしながら、林太郎に向かって叫んだ。

そう言われて足元を見ると、卵大の石が落ちている。

「その石、早く！」

と女はふたたび大声で叫んだ。

林太郎は言われるまま、石を拾って女のほうに投げた。三、四メートルほどの距離である。

女は素早く石を摑《つか》むと、仰向けに横たわっている男の後頭部を片手で支えながら、顔面に石を振り下ろした。

その間、二人に近寄った林太郎は、男が意識を失っているのを知った。

女は右手に石を握ったまま、男の顔を注視している。男は衝突の衝撃のためか目を閉じ、青ざめていた。

女の右手がふたたび高く掲げられ、今にも振り下ろされそうになったとき、男の眉がわずかに動き、唇が開いて、息がもれた。

女は石を離し、男を観察しながら、

「大丈夫ですか」

ときいた。

男は目を開け、ここはどこだろうという風に顔を歪《ゆが》めながら左右を見回している。

「人力車とぶつかりました」

覚えていませんか、と問いかけた。

それでも男はまだ自分の置かれた状況が理解できないのか、目をしばたたいている。二十歳前後で、腹掛けに股引《ももひ》き姿の一見して大工職人のようだった。

男は腹掛けの胸のあたりを押さえて苦しそうにうめいている。唇から血が流れていた。

林太郎は女に歩み寄り、

「わたしの医院に運んで治療しましょう」

と呼びかけた。女は丸髷《まるまげ》に縞柄《しまがら》の和服を着て、上品な顔立ちをしていた。

女は怪訝《けげん》な様子で林太郎を仰ぎ見て、

「お医者様でいらっしゃいますか」

とたずねた。

「そうです。この近くで医院を開いています」

と応じた。

「それはよかった。かなり強く胸を打っています」

と女は落ち着いた態度で言った。

「急ぎましょう」

と林太郎が言ったとき、人力車の客が座席から降りてきた。車夫はあわてて草履を足元に揃《そろ》えた。

幌《ほろ》の中からあらわれた人物に、林太郎は見覚えがあった。

「佐藤先生」

漢詩で師事している佐藤元萇《げんちょう》だった。

「わたしの家はすぐそこだ。この力車を使って早く医院に行くといい」

と元萇は早口で言い、橘井堂《きっせいどう》医院の方向を指さした。

「ありがとうございます」

助かります、と林太郎は礼を述べ、車夫を促した。

林太郎と車夫は、筋骨たくましい大柄の男を座席に落ち着かせるのに一苦労だった。男は痛みをこらえていて、終始低くうめき声をあげていた。

「では、行きます」

と車夫は衝撃で曲がった梶棒を持ち上げた。

よく横転しなかったものだと林太郎は車夫の梶棒操作に感心した。もし横転していたなら、車夫ばかりか、乗っていた元萇も大怪我を負っていたに違いない。

「こっちです」

と林太郎は車夫の前に立って小走りで案内した。男を介抱した女も心配げに人力車についてきていた。

二

橘井堂医院におさまり、男の治療が始まった。

静男は外出中で、書生の山本一郎と遠藤徹が対応した。書生の遠藤はしばらく郷里の越後に帰っていたが、今は医院に戻ってきている。

男は玄七《げんしち》という名の深川の大工だった。早速、家族を呼びに遠藤を深川に走らせた。

林太郎は男を診察台に横たえ、すぐに胸をはだけて診察すると、梶棒に激突した証《あかし》に、胸部には赤黒い横一線の打撲痕があった。意識を失うほどの打撲だったので、内部がどうなっているかが問題だ。

林太郎は軽い打撲程度の患者なら治療の経験はあったが、これほどの大打撲は診《み》たことがなかった。


——どうしたものか……。

林太郎は戸惑《とまど》っていた。

「父はどこへ行ったのだ」

林太郎は苛立《いらだ》ちながら山本にきいた。

「地区医師の会合だと思います」

「どこなのだ」

「さて、それは……」

山本は恐縮している。

林太郎は明らかに当惑していた。

——何とかしなければ……。

とにかく、父が帰るまで応急処置を施すしかなかった。まず患部を冷やさねばならない。山本に井戸水を汲《く》んでくるように命じた。次に胸を固定する必要があると考え、晒《さらし》の準備を始めた。後は父の帰りを待つしかない。

そのとき女が、

「わたしは千葉と申します。医者ではありませんが、怪我の手当てには慣れています」

とよく通る澄んだ声で言った。

「そうですか。わたしは森といいます。助かります」

お願いできますか、と林太郎は内心、安堵《あんど》しながら答えた。

――この人に頼るしかない。

女の、終始姿勢の良い、凛《りん》とした態度に信頼を覚えた。

千葉と名乗った女性はうなずくと、

「山梔子《さんしし》はありますか」

ときいた。

「あります」

と林太郎は応じた。山梔子はクチナシの果実で、漢方で用いる薬剤だった。橘井堂医院の調剤室には漢方の主な生薬《しょうやく》は一通り揃っていた。

「山梔子を砕いて、飯粒《めしつぶ》に練り込んで患部に当てると痛みがとれます」

「分かりました。用意します」

と林太郎は答えた。

そこへ、ちょうど山本が井戸水を運んできたので、山梔子の用意を頼んだ。

林太郎は冷たい井戸水で濡《ぬ》れ手拭いを作り、玄七の胸の患部を冷やした。胸部全体が腫れあがり、玄七はうなりながら痛みを訴えている。

「飲み薬も用意したほうがよいと思います」

と千葉は言い、生薬名をいくつかあげた。川骨《せんこつ》や川芎《せんきゅう》、桂枝《けいし》など七種だった。

「ぼくそく?」

林太郎はきき返した。七種あげた生薬のうちの一つは初耳だった。林太郎は医学生時代、漢方医学の原典とも言うべき、『傷寒論《しょうかんろん》』を読み込んでいた。漢方に興味を抱き、一定の敬意も払っていた。だが、それは西洋医学を学ぶ医学生にとって余技でしかなかった。

「樸樕《ぼくそく》です」

と千葉は繰り返した。

樸樕はクヌギの樹皮を用いた薬剤で、血の流れを良くし、熱や腫れをさます効果が期待できる生薬だった。

「さて、それがあるかどうかは……」

林太郎には分からなかった。静男の帰宅を待つしかなかった。

「なければ、それは外して混合し、煎《せん》じるとよいと思います」

千葉はてきぱきと処方方針を提示した。

「分かりました。用意します。それでは、手拭いを取り替えるのをお願いしてもよろしいでしょうか」

と林太郎はきいた。

千葉は快く引き受け、もう玄七の濡れ手拭いを取り替えにかかっていた。

ただちに林太郎は調剤室に向かい、千葉があげた生薬類の準備にとりかかった。

「若先生、この膏薬《こうやく》が効くといいのですが」

と山本は砕いた山梔子を飯粒に混ぜ合わせて練りながら言った。

「きっと効くはずだ」

林太郎は言った。

——怪我の手当てには慣れています。

そう言った千葉という名の女を信頼したかった。打撲の手当てに習熟しているのか、事故現場での対応は驚くほど手際がよかった。

そうこうしているうちに静男が帰ってきた。

静男は玄七を一通り診察し、

「胸の中がどうなっているかは一日経ってみないと分からない」

と難しそうな顔で言った。胸の骨は問題なさそうだが、強い打撲だったので、内臓に支障をきたしている可能性もあるという判断だった。

また、樸樕については、

「樸樕はないが、桜皮《おうひ》はある」

と言った。桜皮は桜類の樹皮で樸樕の代用になるという。これで、千葉があげた七種の生薬は揃った。

それを煎じて玄七に与えるころには、山梔子の膏薬もできあがり、玄七の胸部に塗ってから、晒を何重にも巻いて胸を固定した。

静男の指示もあり、男の手当てはひとまず終わった。そこで、今後の経過を観察できるよう、男を戸板に載せて医院近くの宿屋「俵屋」に運んだ。

玄七の処置が一段落したところで、林太郎は千葉と向き合った。

「このたびはたいへんお世話になりました」

林太郎はあらためて頭を下げ、

「今の治療といい、四つ角での処置といい、本当に助かりました」

ありがとうございます、と礼を述べた。

「たまたま通りかかったのです。お手伝いできてよかったと思っています」

と千葉はほっとしたように口にした。

「一つおききしたいのですが、あの時、わたしが投げた石で何をされたのですか」

林太郎は控えめにたずねた。遠目には顔面に石を振り下ろしたように見えた。

「あれですか。石をここに打ち当てたのです」

と言いながら、千葉は自分の鼻の下に人差し指を置いた。

「とっさの判断でした」

「正しかったと思います。意識を取り戻したのですから。あのまま気を失っていたら、患者の命は危うかったかもしれません」

千葉の落ち着いた態度が印象的だった。それに引きかえ、林太郎自身は足がすくんで何もできず、内心、忸怩《じくじ》たる思いだった。

「ここは、水溝《すいこう》という名の経穴《つぼ》です。緊急時に効くといわれていますが、実際に試したのは初めてでした」

千葉は鼻と上唇の間に指を置いたまま言った。

「水溝……」

林太郎は初めてきく経穴の名を口にした。

「水溝に刺激を加えようとしたのですが、頃合の物がなくて、それで石を投げていただいたのです。急にあんな大声をだして申し訳ありませんでした」

「いえ、お役に立てて幸いでした」

「あの石は助かりました。先が尖っていたのも好都合でした。鍼《はり》と同じ作用が得られました」

玄七の上唇から血が流れていたのは、尖った石を打ちつけた証だった。

「それにしても、あの緊急時に的確な処置でした。千葉さんは医者ではないのですか」

「改めまして、わたしは千葉さなと申します。少々灸治療《きゅうちりょう》を身につけております」

千葉は控えめだった。

「そうでしたか」

とっさの判断と処置は医者以上だった。林太郎は灸師《きゅうし》の力を知らされた思いがした。

「鼻柱の下は明日あたり、紫色にもっと膨《ふく》れ上がると思います」

と千葉は見通しを語り、

「気になりますので、ご迷惑でなければ明日もこちらに寄らせていただきます」

と言った。

「もちろん、かまいませんが、よろしいのですか」

「この時間ですから、今日は友人宅に泊めてもらいます」

黄昏《たそがれ》が迫っていた。今からでは自宅のある川崎には帰れないという。

林太郎は恐縮しながら、千葉の後ろ姿を見送った。

三

その日の夕刻、林太郎は千住中組に住む佐藤元萇宅を訪ねた。事故のとき人力車を融通してもらった礼がしたかった。

元萇は林太郎が漢詩の添削をしてもらうときと同様、書斎の籐椅子《とういす》に深々と腰かけていた。

林太郎は丁重に礼を述べた。

元萇は鷹揚《おうよう》にうなずいてから、

「ところで、あの事故のとき、あそこに居合わせた女性だが、見事な処置だった。あれは通りすがりながら単なる婦人ではない」

と感心の態《てい》だった。

「千葉さなという人です」

林太郎は言った。

「えっ、千葉さなさんか」

と元蓑はきいた。

林太郎は目を見開いた。

「先生はご存じなのですか」

驚きでしかなかった。

「そうか、やっぱり」

元蓑はしきりにうなずいた。

「怪我の手当てには慣れています、といっていました」

「そうだろう。道場主の娘だ。剣道場は打撲、捻挫《ねんざ》が日常茶飯事の場所だからな」

「剣道場ですか」

「千葉道場だ。北辰一刀流《ほくしんいっとうりゅう》の開祖、千葉周作《しゅうさく》の弟にあたる定吉《さだきち》の娘が、さなさんだ。鬼小町《おにこまち》と呼ばれて小太刀《こだち》の免許皆伝の腕前でもある」

坂本龍馬《りょうま》の許婚《いいなずけ》だったときいている、と元蓑はつけ加えた。

「灸治療を身につけていると話していましたが、打撲の漢方薬を用意するよう頼まれました」

そう言って、林太郎は千葉から指定された七種の生薬名を伝えた。

「それは治打撲一方《じだぼくいっぽう》で、打ち身の妙薬だ」

江戸時代の名医、香川修庵《しゅうあん》の処方だと元蓑は説明した。

元蓑は漢方医として、千住で治療院「藁園《わらえん》」を開業していた時期もあり、漢方医学に精通している。

「それにしても、さなさんがどうしてあの場に居合わせたのだろう」

総白髪《そうしらが》の元蓑は首を傾《かし》げた。

「友人宅を訪ねた帰りだったようです」

今夜はそこに泊まると話していました、と林太郎は伝えた。

「そうか。かなりの腕の持ち主だから患者を診にきたのかもしれない。確か、京橋桶町《おけちょう》から横浜のほうに移ったときいている」

「川崎にお住まいのようです」

「そうだったか。さなさんがあの場を通りかかったのは幸いだった。あれだけ的確に処置できる人物はそうざらにはいない」

と元蓑はしきりに感心していた。

林太郎は再度、人力車の融通の礼を述べて元蓑宅を辞した。

その帰り、宿屋「俵屋」に立ち寄った。

玄七の母が来ていて、なぜか半分、泣き顔で狼狽《ろうばい》している。

「先生、玄七がいないのです」

「まさか……」

林太郎は信じられなかった。

——あの大怪我でどこへ行ったのだろう。

首をひねるばかりだった。

取り乱していた玄七の母親もようやく落ち着き、

「あの子は何を急いでいたのか、話していませんでしたか」

ときいた。

「いえ、それは……」

言われてみれば、治療に専念するあまり、なぜあんなにあわてていたのか、その理由は聞かずじまいだった。

「何もきいていません。ただ、確かに必死に走っていました」

「そうでしょう。だれかに追われていたのではないかと思うのです」

「追われていたのですか」

「今日は、きっと借金取りに見つかって必死に逃げていたのだと思います」

「そうでしたか」

逃げて、巻いたつもりが、路地で人力車にぶつかってしまったのだろう。

「あの子は、まとまったお金が入るとすぐに賭け事に走るのです。腕はいいのに」

母親は口惜《くや》しそうだった。

「確か、大工でしたね」

「ええ。二十一歳と若いのですが、鉋《かんな》を持たせたら深川ではなかなかの評判なんです」

母親はちょっと誇らしげだった。「面取《めんとり》の玄七」の異名をとり、最も重要視される床《とこ》の間《ま》の柱の鉋かけも最近は玄七の役目だという。

「そんな腕があって、なぜ借金を?」

林太郎は素朴な疑問を投げかけた。

「そこなんです。博打《ばくち》好きがあの子の悪い癖で、お金がいつも身につかないのです」

「そうですか」

「借金で追われているのです。この宿屋から消えたのも、借金取りから逃げるためだと思います」

だが、林太郎はあの事故現場では追いかけてきた人物を見ていない。おそらく、玄七は懸命に疾走し、借金取りを巻いて、逃げおおせたのだろう。

「それにしても、あの子はどこへ行ったのでしょう」

心配そうに話す母親は、この日、「俵屋」に泊まるという。もしかすると、息子が夜中に帰ってくるのではないかと淡い期待を抱いているようだった。

しかし、玄七の帰ってくる気配はなく、林太郎は橘井堂医院に戻った。

四

翌朝、林太郎が静男とともに診療の準備にとりかかっていると、急に橘井堂医院の戸を激しく叩《たた》く音がきこえた。

――誰だろう……。

尋常でない物音に、林太郎は手を休めて玄関に向かった。

戸を開けると、若い男がうずくまっていて、

「た、たすけてください」

と息も絶え絶えだった。

ここまで必死にたどりついたのだろう。腹を押さえて身体《からだ》をくの字にしたまま苦悶しているその男は、まさしく玄七ではないか。

玄七は遠くに逃げることもできず、千住付近の雑木林の低木にでも隠れ、一晩を過ごしたのだろう。今は痛みに耐えられず、低くうめくばかりである。

自分勝手に逃げながら、苦しくなって助けを乞う姿に林太郎は腹が立った。

――どうして宿から逃げたのか。

とききたいところだったが、手当てが先と思い、ひとまず書生の山本、遠藤とともに診察室まで運んだ。

静男は玄七を一見するなり、遠藤に治打撲一方《じだぼくいっぽう》を、山本には山梔子《さんしし》の膏薬を用意するよう命じた。

静男は玄七の衣服をはだけ、

「晒《さらし》をはずす」

と林太郎に指示した。

林太郎は、胸に何重にも巻かれた晒を素早く、注意深くはずしていった。痛みが増しているのか、身体が動くたびに玄七はうめき、苦痛に顔を歪めた。

やがて、胸があらわになる。患部は昨日より硬くなり、胸全体が青黒く腫れあがっている。青ざめている顔の鼻の下も、大きく紫色に膨れている。千葉さながら石で打った場所である。

静男は玄七の胸から腹部にかけて、反応を窺《うかが》いながら静かに手のひらを這《は》わせた。玄七は敏感に反応し、うなりながら身体をくねらせた。

「骨折はまぬかれているし、どうやら内臓も支障はなさそうだ」

静男は玄七を安心させるように言った。

その言葉に玄七はうなずき、わずかに頬《ほお》を緩めた。

次に、静男は昨日塗布してすでに乾いている膏薬に水を含ませ、溶かしながら拭い取っていった。少しずつ拭っていくものの、なかなか取れない個所では、玄七はそのつど悲鳴に近い声をあげた。

林太郎はそうした玄七を眺めながら、

——何をいまさら痛がっているのか。

と冷めた眼差《まなざ》しを向けた。宿から勝手に逃げ出し、症状を悪化させたのは玄七自身であり、まさに自業自得である。

ふと、黙って手当てをしている静男の横顔を見ると、いたって普段通りの表情である。

——そうか……。

どんな患者でも平等に、淡々と診るのが父の姿勢だったことにあらためて思い至った。それに引きかえ、自分は身勝手な患者にただただ怒りを感じている。

――これではいけない。

患者に対するおのれの未熟さを認識させられる思いだった。

それから、静男は新しい膏薬を胸に塗り、晒を巻きつけふたたび胸を固定した。さらに、治打撲一方の煎じ薬を飲ませ治療を終えた。

そのとき、千葉さながあらわれた。

「こちらにいるときいて来ました」

と驚きつつ、玄七を見つめた。

玄七はばつが悪そうに下を向くばかりだった。

そこへ、玄七の母親も駆けつけ、

「先生に迷惑かけて、おまえはどこへ行っていた」

馬鹿、と激しく玄七を責め立てた。

静男は母親をなだめつつ、

「では、俵屋に運んでくれ」

と書生二人に、玄七を戸板に載せるよう命じた。

診察室を出るとき、静男は玄七に、

「今度、勝手な行動をとったら、ここでは診ないぞ」

いいな、と念を押した。普段はあまり聞いたことのない低く強い声音《こわね》だった。

「分かりました」

と玄七は神妙にうなずいた。

それから林太郎は、玄七を運ぶ書生の山本、遠藤とともに「俵屋」に向かった。千葉さなと母親も後に続いた。

五

路地から大通りに出ようかというあたりにさしかかったときだった。頭を角刈りにした大柄な男があらわれ、いきなり玄七につかみかかろうとした。

「見つけたぞ、玄七」

金返せ、と叫びながら玄七に猛然と飛びかかると、玄七は悲鳴をあげながら戸板から転げ落ちてしまった。

突然の出来事に山本と遠藤の二人は対応できず、林太郎も呆然《ぼうぜん》とするばかりである。

路上に横たわる玄七に、なおも借金取りの男は襲いかかり胸ぐらをつかんだ。

そのとき、

「おやめなさい！」

と千葉さなが男の肩に手をかけ、止めにかかった。

男は振り向きざま、

「貴様――」

と肩の手を払いのけ、怒りの形相《ぎょうそう》もあらわにさなにつかみかかった。

すると、さなは素早く身体《からだ》をかわし、男の肘《ひじ》の上部に手刀《てがたな》を落とした。男は悲鳴をあげて倒れ込んだが、すぐに歯を剝《む》き出《だ》しにして立ち上がると、

「こいつ」

と、今度は仁王立ちに構えてからさなに殴りかかった。

さなはその腕を取り、身体を屈《かが》めて、

「えいっ」

と掛け声もろとも投げつけると、男の足は宙に弧を描き、どすんという大きな音とともにうつ伏せに倒れた。さなはそのまま男を地面に組み伏せ、腰の中央あたりに肘を打ちつけた。一連の身のこなしは俊敏で目を瞠《みは》るものがあった。

気がつくと周りには人だかりができていたが、誰も声をあげる者はいなかった。

あっという間の出来事に、これが北辰一刀流の免許皆伝の身のこなしか、と林太郎はただただ驚嘆していた。佐藤元萇の言葉通り、美しくも強く、「鬼小町」と呼ばれた千葉道場の花の立ち合いを眼前に見たような気がした。

「相手は怪我人です。乱暴はいけません」

と、さなは落ち着き払って言った。

男は足をばたつかせるばかりで身動きがとれずにいる。

「どうなのです」

さなは、そこが腰の経穴《つぼ》なのだろう、曲げて当てた肘に力を籠めた。

男は、うっ、とうめき声をもらし、

「わ、分かった。金さえ払ってもらえれば文句はない」

と観念したように言った。

さなは力をゆるめ、

「払えますか」

と今度は横たわっている玄七に問いかけた。

玄七は、

「今の仕事が終われば、まとまって手間賃が入る。そうしたら払う、必ず払う」

と痛みをこらえながら答えた。

「いや、信用できねえ。こいつはいつもこういって人をだます」

と男は訴えた。

「それなら、今回はわたしが責任をもって見届けます。今は怪我の手当てが先決です」

さながなだめるように言った。

そうまで言われると、男は不満げではあったが何も言えず、しぶしぶそのまま来た道のほうに帰っていった。

男の姿が見えなくなると、

「今度はきちんと返すんだよ」

と母親は玄七に念を押した。

玄七は素直にうなずいた。

それから、林太郎は書生ともども、玄七を「俵屋」に運んで治療を続けた。

数日後、疼痛《とうつう》が軽減した玄七は宿屋を引き払っていった。

六

「確かに、たいした腕前だ」

静男は診察室の平台《ひらだい》の上を手のひらで撫《な》でながら、しきりに感心していた。平台の表面がすべすべに、まるで鏡のようにきれいに削られている。

この日、橘井堂医院に突然、腹掛けに股引《ももひ》きの恰好《かっこう》の珍客があらわれた。大工の玄七だった。

「俵屋」を出て十日ほどを経ている。打撲痕はあるものの、痛みや腫れは消えていた。

「お詫《わ》びの印《しるし》に、ひとつ腕をふるわせてください」

と袋から鉋を取り出した。

そして、診察室の平台に鉋をかけたのである。

平台は長年の使用で黒ずみ、あちこちに傷がついていた。それが、玄七が鉋をかけるとたちまち新品同様に変わった。木目があらわれ、木の香りが立ちのぼる。見事な技だった。

玄七はついでに卓袱台《ちゃぶだい》と林太郎の机、さらにはまな板にまで鉋をかけて帰っていったのだった。

「さすが、面取の玄七と異名をとるだけはある。名人芸だ」

静男は平台を撫でながらいつまでも感心している。

「よい腕をもっているのですから、これからは博打にうつつを抜かすのをやめて、職人仕事に専念するでしょう」

林太郎も玄七の腕前を認めていた。

「さて、それはどうかな」

静男は頬を緩めて薄く笑った。

「どういう意味ですか、父上」

「喉元《のどもと》過ぎれば何とやらで、人の心というのは変わるものだ。ころころ変わるから心という、ときいたことがある。今の気持ちをいつまで忘れずにいることか」

「そうですか……」

林太郎は案外冷静な父を知った。

「だが、玄七はお詫びに鉋をかけて帰っていった。殊勝な気持ちが働いたのだろう。怪我に懲りて博打をやめられれば、打撲も無駄ではなかったということだ」

どっちに振れるかだ、と静男は言って、待合室の患者を呼んだ。

林太郎はその日の午後、往診をいくつかこなし、その帰り道、掃部堤《かもんづつみ》を通りかかった。何気なく土手のほうに目をやると、中年の女が所在なく堤に座っていた。後ろ姿が妙に寂しそうな、銀杏返しに結ったその女に見覚えがある。

「さなさん」

林太郎は思わず声をかけた。

振り返って、千葉さなは、

「あらっ、若先生」

と少し驚いたようだった。

「今、医院をお訪ねしたら、若先生は往診中でお出かけとのことでした」

「それはそれは、せっかくおいでいただいたのに、申し訳ありませんでした」

と林太郎は陳謝し、人力車の事故のときの礼をあらためて伝えた。

「あのとき、さなさんがいなかったら、玄七は気絶したまま命も危なかったかもしれません。あそこに居合わせたのは、玄七にとってはまさに好運でした。このあたりに灸治の患者さんでもおられたのですか」

「いえ、そういうわけではありません」

さなはそう答えて、しばらく黙っていた。

「この花を見にきたのです」

土手には所々、桔梗《ききょう》が咲いている。

「あのときはまだ早くて、今年は少しも咲いていませんでした」

「そうでしたか」

林太郎は、毎年この土手に桔梗を見にきているさなを知った。

「それにしても乱暴な借金取りを組み伏せた、あの腕はさすがでした。北辰一刀流の免許皆伝の身のこなしが見事でした」

「いえ、お恥ずかしい。身体《からだ》がつい動いてしまって。千葉道場の免許皆伝の証書は持っておりますけれど……」

「やはり、そうでしたか」

「あのようなときに役に立つとは、自分でも驚いた次第です」

さなは恐縮しつつ続けた。

「でも、皆伝証書は連名になっていて、わたしはじつはつけ足しです」

「連名とは、珍しい。もう一人はどなたでしょう」

「父がわたしの許婚に決めていた人です」

「坂本……、龍馬さんですね」

林太郎は控えめにきいた。

「遠い昔の話です」

さなは照れくさそうに口にして、

「国事があの方を必要としたのです」

と寂しげに遠くに視線を移した。

坂本龍馬は大政奉還後、新政府綱領八策の実現に奔走している最中の慶応三年（一八六七）十一月十五日、京都河原町「近江屋」で刺客《しかく》に襲撃されて闘死した。

坂本家の家紋が桔梗紋だったことを林太郎が知ったのは、こののちのことだった。さなが座っていた土手は、おそらく龍馬とともに訪れて、桔梗を眺めた場所に違いなかった。さなには思い出の場所であり、懐かしい花であったのだろう。

後年――明治十九年（一八八六）、千葉さなは千住中組で、「千葉灸治院」を開業した。その優れた腕は評判を呼び、患者は遠方からも集まったという。さなは明治二十九年（一八九六）十月十五日に死去した。享年、五十九。

この年も変わらず、あの土手に桔梗は咲いたのだろうか。

第八話　もう一つの家

一

その日の午後、林太郎は橘井堂《きっせいどう》医院の門がよく見える人家の陰に立って、一人の女が出てくるのを待ちかまえていた。

しばらくすると、診察を終えた中年の女が医院の門を出てきた。女は日光街道の大通りに向けて、千住一丁目の細い路地を歩き始めた。

「よし」

と林太郎はつぶやき、女の跡をつけ始めた。

女患者の追跡を依頼したのは父、静男だった。この日の午前中に、急に頼まれたのである。

「女の素性《すじょう》が分からない。分からないなりに診療はするつもりだが、できれば知っておきたい」

医療制度が整っていない時代だから、患者の氏素姓は当人が明かさない限り、医者には分からない。

「よしたけ、と苗字《みょうじ》しかいわない」

と静男は言った。

その女患者については、林太郎も診察室で何度か同席していたので知っていた。いつも不眠を訴えていたが、食欲もない様子だった。

「よしたけをどう書くかは分からない。下の名前のほうも分からない。年齢は三十といっているが、これは間違いないだろう」

静男は年恰好《としかっこう》から推測して、女の言う年齢を信じていた。

「なぜ本名をきちんと名乗らないのでしょうか」

林太郎は疑問を投げかけた。

「さて、それが分からない。本名をいいたくないなら偽名を使えばいいし、嘘《うそ》の住所を適当にいえばそれで済む。だがそれをしないのは、彼女が根は正直な証拠ではないかと思っている」

その場しのぎの嘘がつけないのだろう、と静男は言った。

女はここ二カ月ほど、十日おきに来院していた。今日あたり来院するだろうと目星をつけていたら、案の定、訪れたのである。診察中の女の物腰は柔らかく、応対も丁寧だった。色白の細身の体型で、鼻筋が通り、口元にも気品がある。生活苦は少しも感じられなかったが、ただ不眠がいっこうに改善されず、厄介な患者ではあった。

そしてこの日――、父が追跡を依頼したのだった。

「本人に絶対気づかれずに」

と強く念を押した。

林太郎は適度の距離を保ちながら女の後をついていった。

女は背が高く、丸髷《まるまげ》に落ち着いた薄茶色地の小紋《こもん》を着ていた。細かい縦縞《たてじま》の帯だが、遠目には無地に見える。後ろ姿を見ても品のある装いだった。草履を履いた足を包む真新しい足袋《たび》の白が眩《まぶ》しい。

女の歩みは林太郎に比べてかなり遅く、まどろっこしく感じた。気を抜くとすぐ追いついてしまう。さらに、女がいつ振り向くかもしれないと思うと、足取りはつい忍び足風となり、呼吸は自然と息を殺す感じになった。

林太郎にとって、こんな探偵まがいの尾行はもちろん初めてである。昼日中《ひるひなか》に、医者が患者をつけている図式に他ならない。これを他人が見たら何と思うだろうか。

――自分は一体何をしているのか。

怪しまれて当然だと思った。

二

林太郎はゆっくりと女の跡をつけていた。

そのとき、ふと、こんな尾行などは書生の山本か遠藤にやらせればよいではないか、と考えた。

だが、その考えはすぐに否定できた。父は秘密裏に事を進めたいのである。女患者が言いたがらない名前や住所といった個人の秘密を探る行為を、いくら住み込みで面倒を見ているとはいえ、書生には頼めないだろう。しかし、親子の関係なら、そのへん気兼ねないはずだ。

——これは自分にしかできない。

林太郎は納得した。

——それにしてもなぜ、女はきちんとした名前や住所を言わないのだろう。

何か隠し立てする訳があるのだろうが、その理由はいくら考えても思いつかなかった。

父は、

「偽名や嘘の住所をいえばそれで済む」

と話していたが、実際、それで通る話だった。

形さえ整っていれば、こんなやりたくもない尾行をする必要もなかった。

林太郎はあれこれ考えながら、女の後をつかず離れず歩いていた。

跡をつけてどのくらい時間が経ったであろうか。大分歩いたと思われるが、女はまだ歩みを止めそうにない。いつのまにか千住大橋を渡り、千住南の一帯にさしかかっていた。いわば、千住のはずれである。

女はその一帯を抜け、隣接した三ノ輪《みのわ》地区に入った。

——懐かしい。

林太郎には思い出深い場所だった。三ノ輪は東京大学在学中、週末になって帰宅するとき必ず通る場所だった。街道筋にあり、ここから川を北へ渡ったら日光街道の最初の宿場、千住宿だった。

ここに着くと、家までもう少しと思えて一安心したものである。

区画整理された民家の立ち並ぶ一画にさしかかると、女はとある冠木門《かぶきもん》の邸宅に入っていった。高さ二メートルはある、手入れの行き届いた槇《まき》の生垣《いけがき》で取り囲まれている。濃い緑は陽《ひ》の光に映えていた。

門の奥で玄関の引き戸を開ける音がして、

「奥様お帰りなさいませ」

と言う女中とおぼしき若い女の声がきこえた。

しばらくして、林太郎はあたりを見回してから冠木門に近づいて邸内に目をやった。門から玄関まで飛び石が続いている。敷地は優に三百坪を超えているだろう。家屋は屋根に黒瓦を置いた二階建ての大きな家だった。その横に頑丈そうな白壁の蔵が立っており、邸宅は大屋敷然《おおやしきぜん》としていた。

林太郎は門の表札を見上げた。『芳竹順市《じゅんいち》』と墨書された木札《きふだ》が太い釘に掛かっていた。そして、あらためて槇の生垣に目をやった。見事に手入れされ、園芸が趣味の父が目にしたら、さぞかし感心するだろうと思った。

林太郎が槇の生垣に見とれていると、老夫婦がゆっくりした足取りで通りかかった。

「きれいな生垣ですが、何をされている方がお住まいなのでしょうか」

とたずねた。いきなり職業をきき出すのは気が引けたが、思いきってたずねてみた。

「判事さんですよ」

「そうですか、判事さんですか」

「立派な生垣なので、この辺では有名ですよ。散歩でつい、いつも通ってみたくなります」

と言いながら、老夫婦は門前をのんびりと通り過ぎていった。

林太郎はしばらく生垣を観賞してから、その場を離れた。

三

林太郎は早速、尾行の結果を父に報告した。静男は診察室の椅子に腰かけてきいていた。

「そうか、よしたけは、芳竹と書くのか」

静男はうなずきながらつぶやいた。

「立派な邸宅で、槇の生垣には圧倒されました」

林太郎は冠木門と槇の生垣で囲まれた屋敷の様子を話した。

「わが家の木槿《むくげ》の生垣とは、規模といい、見栄えといい違うようだな」

一度見たいものだ、と静男は自嘲《じちょう》気味に口にした。

「家は三ノ輪にあるのか。隣町だな。あのあたりには……」

と静男は天井を仰ぎながら考える顔になった。地図を思い浮かべているようだ。

「あのあたりなら評判のよい医者が何人もいる。どうしてそこへ行かないのかな。何もわざわざわたしのところにかかりにくる必要はない」

不思議な話だ、と静男は言った。

「それはきっと、どこかで父上の評判をきいたからでしょう」

貧者救済の医療に力を入れ、郡医として、行政や地域からも信頼されているのが父だと林太郎は評価していた。その噂《うわさ》をきいて遠方から患者が訪れているのが橘井堂医院だから、三ノ輪あたりから来院しても何ら不思議はなかった。

「父上は今度あの人が診察に訪れたら、芳竹順市氏の名前を出すのですか」

「いや、それはしないつもりだ。向こうがいうまで待とうと思う」

「そうですか……」

林太郎は静かに父の言葉を胸におさめた。

「何かおかしいか」

と静男はきいた。

「では、なぜわたしに女の素性を調べさせたのかと思ったものですから」

「うむ、確かに……。微妙なところだ。あの患者を診《み》るようになってから大分経つが、いっこうに改善をみない。何か気に病んでいるのではないかと思う。問題は患者がその心の悩みや葛藤《かっとう》を話すかどうかだが、大方《おおかた》はいわない。隠したがる」

とロにし、一呼吸置いて、

「無理にその核心部分を刺激しても、よいことは何もない。待つしかないのだ」

と静男は言った。

「すると、あの芳竹夫人の不眠は、その核心部分が解消されると治るのですか」

「おそらく……」

静男はうなずいて、

「治るというより、当人の知らない間に身体《からだ》の不調はおさまるものだ」

「分かりました。ところで、本名や住所は核心ではありませんね」

「皮相部分にすぎない。なのに、それすら隠したがる気持ちはちょっと分からない。そこで林太郎に住所を調べてもらったのだ」

生活の一端を知っておきたかった、と静男は言った。

「父上の要望に沿えたのなら、芳竹夫人を追って自宅をつきとめた甲斐《かい》はあります」

林太郎はそう応じたものの、内心、そこまでする必要はあったのだろうかという気がしていた。一介の町医者が診る、珍しくもない症例の一つにすぎない。

林太郎の胸の内を察したのか、

「これはわたしのわがままだ。何とかあの人の不眠を解消させたい。そのために林太郎に、不本意な尾行までさせて迷惑をかけてしまった」

静男は気まずそうにそう言うと、窓辺に並んで置かれた鉢植えの一鉢を手にして眺めた。

林太郎は父の背中をしばらく見つめていたが、黙礼して診察室を辞した。

四

それから数日後、賀古鶴所《かこつるど》がいきなり人力車で橘井堂医院にあらわれた。

林太郎は診察室に入ってきた賀古の恰好にまず驚いた。紺の棒縞《ぼうじま》模様の浴衣《ゆかた》に兵児帯《へこおび》を締めていた。賀古は東京大学卒業後、何度か医院を訪れているが、たいてい軍服だった。

「どうした、その形《なり》は」

ときくと、賀古は、

「とにかく、この子を診てくれ」

と連れてきた三歳くらいの男の子を林太郎の前に座らせた。

男の子が着た白い浴衣の右膝から足首にかけて一面、鮮血に染まっている。

「これは」

と林太郎が右膝のあたりに手を伸ばそうとすると、男の子が急に大声で泣き出した。

診察室に泣き声が響き渡った。横に控えていた書生の遠藤も驚くほどだった。

賀古は男の子の肩に手を置き、

「このおじさんは坊やの怪我を治してくれる人だから安心しなさい」

と優しく言葉をかけた。賀古の言葉に男の子も次第に落ち着いてきた。

賀古によれば、この日、男の子とともに、鷲《おおとり》神社の縁日に出かけたという。男の子は、並んだ屋台や遊び道具、お囃子《はやし》などに大喜びして、はしゃいで走り回ったのはいいが、敷石につまずいて倒れたはずみに膝を打った。骨折はしていなかったが、出血が止まらず、賀古がその場で応急処置をして橘井堂医院に駆けつけたのだった。

「では、診てみよう」

林太郎は男の子の浴衣の裾を持ち上げて、膝に巻いた手拭いを静かに取り除いた。膝頭《ひざがしら》に大きく傷口が開いていた。ふたたび血が流れ出てくるところを消毒し、軟膏《なんこう》を塗って包帯を巻きつけた。その間に骨の様子も触診で観察したが、異常は感じられなかった。

診察が終わって、林太郎は、

「これでよくなる」

と男の子によくきこえるように声を張り上げた。

それまで不安そうに診療を受けていた男の子の頬《ほお》が緩んだ。そして屋台で買ってもらった風車で遊び始めたので、書生の遠藤とともに待合室へ行かせた。

「あの子はどこの子なのだ」

林太郎はきかずにいられなかった。賀古にひどくなついている。

「近所の三歳の子なのだが、近頃、妙になついている。おれを見かけると寄ってきて、手を握って離さないのだ」

「何を与えて手なずけたのだ」

林太郎は冗談まじりにきいた。いかつい賀古にどんな魅力があったのだろうか。林太郎には子どもに慕われた経験はなかった。

「特別、何かしたわけではないのだが、寄ってくるのだ。だが、なついてくると、子どもというのは可愛いものだ。こんな気持ちは初めてだ」

子どもは可愛い、と賀古は繰り返した。

この日は男の子の母親にも頼まれて縁日に出かけたという。

「今日は急にすまなかった。だが、助かった。恩に着る。ところで、留学のほうの算段は考えているのか」

と賀古はきいた。

「まあ、考えてはいる。今日は時間があるのか」

林太郎はたずねる。

「今日はちょっと無理だ。母親が心配しているだろう。子どもを返さねばならない」

「そうだな」

「また、時間ができたら来る。そのときに話そう」

と賀古は手を小さくあげて診察室を出ていった。

五

この日の午後——、林太郎は千住南の患者を中心に何件か往診をこなし、残りあと一件となった。疲れもあったが、あと一件と思うと少しは往診鞄《かばん》も軽く感じられた。

細くて狭い横丁の一画を曲がったところは、入り組んだ路地に長屋が雑然と立ち並んでいた。林太郎が、往診先はこのあたりだと目星をつけたとき、細い路地の前方を母と子とおぼしき二人連れが手をつないで歩いているのが見えた。

何気なく見ていたが、林太郎はその女の後ろ姿が気にかかった。

――あれは……。

和服の普段着だったが、背の高い恰好はどこかで見かけた感じがした。

そのとき、四、五歳と思われるその男児が、

「お母ちゃん、またあの卵焼き作ってくれる」

と母親を見上げながらきいた。路地にこだまする元気な声だった。

母親が、

「はいはい、作りますよ」

と明るく応じると、男児はさもうれしそうに飛び跳ねた。

林太郎は自然と跡を追っていた。

そして、二人が狭い横丁を曲がるとき、女の横顔がはっきりと目に入った。

――芳竹夫人……。

林太郎は思わず胸の中で叫んだ。

その背が高く丸髷を結った色白の女は、紛れもなく芳竹夫人だった。

林太郎がさらに跡を追うと、二人は古びた三軒長屋の前で立ち止まった。

「お母ちゃん、早く、早く」

と男児は急《せ》かせていた。

二人は三軒長屋の真ん中の家に入っていった。

林太郎はその場に佇《たたず》み、しばらく二人が消えた長屋を見ていたが、気を取り直し、最後の往診先

の家に向かった。

六

橘井堂医院の朝は、患者を迎える準備から始まる。洗面台、脱脂綿、消毒液、晒《さらし》、湯沸かし器などを整備する。静男と林太郎はさらに聴診器や舌圧子《ぜつあつし》、膿盆《のうぼん》ほかを点検する。大事な時間だった。書生二人も無言で診察室や待合室の床を入念に掃除していた。

この日の朝も、静男と林太郎はいつものように診療の準備に取りかかっていたが、

「今日あたり芳竹夫人があらわれそうだ」

と静男が林太郎に話しかけた。

前回の診察から十日ほどが過ぎていた。

芳竹夫人が男児からお母ちゃんと呼ばれ、千住南の路地の三軒長屋に入っていくのを目撃したことを、林太郎はその日のうちに静男に伝えていた。

話を聞き終えて、

「子どもはお母ちゃんと呼んでいたのだね」

と静男は確かめるようにきいた。

「ええ。卵焼きをねだっていました」

「そうか。その子は芳竹夫人の子どもなのだろうか」

「分かりませんが、よくなついていました」

林太郎の見たところ、二人は手をつなぎ楽しそうにしていた。

「不思議な話だ。三ノ輪に邸宅があり、三軒長屋にも家がある。何か事情がありそうだな」

と静男は首を傾《かし》げた。

その日は、芳竹夫人と男児の話はそこで終わっていた。

「父上。確かに、今日あたり芳竹夫人が受診に訪れてもよさそうですね」

林太郎は準備の手を休めずに応じた。

「じつは林太郎に頼みがあるのだが」

「何でしょう。また、尾行するのですか」

林太郎は気が進まなかった。

「いや、そうではない」

静男は安心させるように大きく手を振って否定した。

「わたしに代わって芳竹夫人を診てもらいたいのだ。これまでいろいろ、手を替え品を替え試してきたが、埒《らち》があかない」

「わたしが診るのですか」

林太郎は戸惑《とまど》った。父が手に負えない患者を自分が診ていいのかという気もした。

それを伝えると、

「それはかまわない。遠慮はいらない」

と静男は言った。

さらに、静男は芳竹夫人の治療の経過を話し始めた。最初は、不眠症に対応するため基本中の基本の薬である酸棗仁湯《さんそうにんとう》を処方したという。これはそれなりに効果をあげていた。そのうち、めまいを訴えたので、桂枝加竜骨牡蠣湯《けいしかりゅうこつぼれいとう》の処方に替えた。その後しばらくすると、気分の苛立《いらだ》ちをしきりに訴えたので、現在、抑肝散《よくかんさん》を使っている。だが、そろそろ、また替えてほしいと不満が出そうな雲行きだ、と静男は言った。

「変化をつけるのも大事だ。これまで学んだ医学で診てほしい。林太郎、何か処方はないだろうか」

「なくはないですが、ただ、父上の処方を超えられるかどうか……」

「それはやってみるしかない」

「そうですか」

林太郎はあまり自信がなかった。だが、なぜかやってみようという気になっていた。

「では、芳竹夫人があらわれたら、わたしは留守だといってくれ」

「分かりました」

林太郎はうなずいて、再度、診療の準備に入った。

七

静男の予想通り、芳竹夫人が午前中に診療に訪れた。夫人は診察室を見回し、怪訝《けげん》そうに静男を探すような素振りを見せた。

「父は所用があって、今日はわたしが診ます」

林太郎は言った。

「そう……」

夫人は少し不満そうな様子だった。

「これまでの治療の経緯は父から詳しくきいています。この前の処方薬はいかがでしたか」

父が最後に処方した抑肝散は、苛立つ気分を鎮めるのによく効く漢方薬だった。

「それがあまり効かなくて……。今日、大先生《おおせんせい》に替えてもらおうと思っていました」

「そうですか」

静男が予想していた通りだと林太郎は思った。

「気分がいらつくという話ですが、いかがですか」

「それもありますが、ほてり、特に夕方になると顔のほてりが強くあらわれます」

何とかならないでしょうか、と夫人は訴えた。

「これまでは主に漢方薬を処方していましたが、今度は西洋薬を応用してみようかと考えています」

抱水《ほうすい》クロラールの溶液を想定していた。

「そうなのですか」

夫人は小さくうなずいた。

「ところで、よしたけさんは何か悩み事を抱えているというようなことはありませんか」

林太郎は思いきって切り込んでみた。父は患者の胸の奥の核心部分を衝かずに、待つ姿勢で臨んでいた。だが、自分は自分の方針を実行してみようと思った。

「悩み？」

「そうです。生活する上で、心配の種のようなものです」

「なぜそのようなことをきくのですか」

夫人は少し不愉快そうな顔をした。

「不眠やめまいといった症状は、身体《からだ》の異常が原因のほかに、心の動揺がもとで起こることが珍しくないのです」

「それなら、大先生にいつかお話ししました。家庭は円満ですし、生活も安定しています。悩み事はありません。身体のどこかに異常があるため、しつこい不眠やめまいに襲われているのです」

「そうですか。分かりました。ともかく、今回は薬を替えてみますので、様子をみてください。ほてりにも効くはずです」

林太郎は夫人の診察を終え、和服の後ろ姿を見送った。その足取りは心なしかおぼつかなかった。

その夜、林太郎が自室で読書をしていると、静男がいきなり入ってきた。

「林太郎、見てきた。いや、素晴らしかった」

静男はやや興奮気味だった。

「何の話ですか、父上」

林太郎は気圧《けお》されて本を閉じていた。

「芳竹邸の槙の生垣だ。あれほど見事だとは思っていなかった」

「ご覧になりましたか」

「たいしたものだ。あれだけ大きな生垣の枝葉を刈り揃《そろ》えるには、相当の手間暇と費用がかかっている」

一見の価値がある、と静男はまだ感心していた。

「わざわざ出かけられたのですか」

「今日、地区の医者の集まりがあった。その会合のあとで、ついでに少し寄り道したのだ」

「そうでしたか。父上がそれだけ感心されたのなら勧めた甲斐がありました」

「その集まりで芳竹順市氏のことが少し分かった。じつに清廉《せいれん》潔白な人柄のようだ」

四十歳を超えた経験豊富な判事として知られているという。曲がったことが嫌いな判事の見本のような人物で通っているとのことだった。

「だが、夫婦二人暮らしで子どもはいないようだ」

「いないのですか」

「ああ。別棟に使用人が二人いるが、子どもは同居していないという」

「そうですか」

では、あの男児は何だったのか。路地での目撃は、林太郎の見間違えだったのか。いやいや、確かに、男児の手を引いていたのは芳竹夫人だった。

——間違いない。

林太郎は確信しながらも首をひねるしかなかった。

八

数日後の午後、林太郎は居間に行こうとして、廊下で妹の喜美子と斎藤勝寿《かつとし》の二人に出会った。斎藤はこの年から、十二歳の喜美子に定期的に漢学を教えにきていて、ちょうど帰るところだったようだ。斎藤は十八歳で、末は医者になるべく医学の勉強をしている。背が高く口元は引き締まり、時折見える白い歯が印象的だった。いかにも頭脳明晰《めいせき》である。

「お世話になっています」

林太郎は斎藤に頭を下げた。

「こちらこそ」

と斎藤は礼儀正しくお辞儀を返した。

すると、喜美子が急に、

「問題です。下農は草を見ても草を取らず、中農は草を見て草を取る。では、上農は何をするでしょうか」

と問いかけた。今習ったばかりの知識を早速、披露しようとしたようだ。

「さて……」

と林太郎は考えた。横で斎藤が楽しそうに微笑《ほほえ》んでいるので、妹の問いを無下《むげ》に扱えない。

林太郎は少し考え、

「上農は草の根を取る、かな」

と答えた。

「お兄さん、残念。でも、惜しいですわ」

「惜しかったか」

「上農は草を見ずして草を取る、です」

「そうか、見ずしてだったか」

「今日、先生に教えていただきました」

楽しそうに口にして喜美子は奥の部屋に走っていった。

「今の諺《ことわざ》は、宮崎安貞《みやざきやすさだ》の書いた『農業全書』に由来するようです。しかし、お兄様がいわれた、上農は草の根を取る、もよい表現ですね」

斎藤がそんな感想を漏らした。

「いや、やはり、上農は草を見ずして草を取る、がよいでしょう。医学の世界にも同じような言葉があります」

「ほう、ありますか」

斎藤は関心を示した。

「漢籍の医学書に、上医は国を医《いや》し、中医は民を医し、下医は病を医す、と出ています」

「そうでしたか。医者を比較する言葉にそのような表現があるのですね。わたしも勉強になりました」

と斎藤は言った。

「ところで、元蓑《げんちょう》先生はお元気ですか」

林太郎は元蓑に漢詩の添削指導を受けていたが、高齢の元蓑は体調を崩していて、このところ佐藤宅に出かけていなかった。斎藤勝寿はその元蓑の後妻の連れ子だった。

「義父《ちち》も大先生に往診してもらえばいいのですが……」

「しかし、元蓑先生ご自身、漢方の名医ですからね」

「それは昔の話です。ですから、こちらの医院に来診するなり、自宅に往診してもらうなりすればいいのです」

斎藤はままならない状況に不安を抱きながら帰っていった。

九

この日、林太郎は千住南へ往診に出かけた。以前、芳竹夫人と男児を見かけた三軒長屋にほど近い長屋だった。

やっちゃ場で働く仙吉《せんきち》という息子が、高齢で寝たきりの母親の面倒を見ている家である。三十がらみで筋骨たくましく、乱暴な口をきくが母親思いの男だった。

仙吉の家は路地の突き当たりにあり、そこに行くには、あの三軒長屋の前を通らねばならない。

林太郎は芳竹夫人が男児と消えた長屋を見つめながら通った。三軒長屋の真ん中の家は、玄関の戸板が破れ、なぜかこの日は廂《ひさし》に四角い板が紐《ひも》に吊《つ》るされていた。

林太郎はその板を避《よ》けながら細い路地を通り過ぎて、仙吉の長屋に入った。

六畳一間に敷かれた布団に、七十過ぎの母親が青白い顔で横たわっていた。

「若先生、お世話になります」

と仙吉が正座して礼儀正しく迎えた。

母親の容態にさして変化はなく、林太郎はこれまで通り人参養栄湯《にんじんようえいとう》を処方した。体力をつけるには恰好の漢方薬だった。仙吉に煎《せん》じて飲ませるように指示して、診察を終えた。

「ありがとうございました」

正座した仙吉がふたたびお辞儀した。

そのとき、林太郎はこの仙吉に芳竹夫人と男児のことをそれとなくきいてみようと思った。

「そこの三軒長屋の軒先に四角い板が吊るされていました。あれは何ですか」

かなり大きな四角い板だった。

「あの板は盛り板といって左官職人の必需品です。照治《てるじ》の愛用品ですがね、汚れると洗って、ああやって吊るすんです」

と口にしてから、仙吉はふと首を傾《かし》げ、

「おかしいな。照治は今、暗い所に入って留守なんだがな」

「暗い所？」

「ええ。牢屋ですわ。いい男なんですがね、喧嘩《けんか》っ早くて、今度ばかりは放り込まれてしまいました」

仙吉の話では、仕事の現場で些細《ささい》なことから口論になり、相手が鑿《のみ》を振り上げてきたのを鏝《こて》で応戦しているうちに大怪我を負わせ、一年ほどの刑期が言い渡されたという。

「もうすぐ三十だっていうのに、馬鹿な男です。かわいそうなのは庄太《しょうた》だ。まだ五歳ですが、一人ぼっちになっちまった」

「奥さんがいるのではないですか」

「三年前に急死して、その後、照治がどうにか男手一つで育てています」

林太郎は黙ってうなずくしかなかった。

「ところが、牢屋行きです。庄太には長屋のみんなが余った食べ物を分けたりして、何とか面倒を見ていました」

仙吉も、母親のために作った総菜を持っていったという。

「ところが、二カ月ほど前から、中年の女があらわれて庄太の面倒を見始めた。てっきり、照治のこれではないかと噂《うわさ》にはなりました」

男は小指を立てた。

「違うのですか」

「違う、違う。女でもできれば、自慢していいふらすのが照治です。陰に隠れてこっそりよろしくやるような器用な男じゃねえ」

「その女性は親戚か何かなのですか」

「いや、違う。照治は天涯孤独だ。あの女の素性は分からないが身なりはいいし、品もある。理由はどうであれ、面倒を見てくれるのは、ぎりぎりの生活をしている長屋の住人にとっても大助かりだ」

今日も来ているはずだ、と仙吉は言った。

「そうでしたか……」

と林太郎は胸におさめ、仙吉に指示通り母親に服薬させるよう念押ししてから部屋を辞した。

その帰りに、厠に吊るされた盛り板を避けながら三軒長屋の前を通り過ぎようとした。そのとき、真ん中の家の破れた玄関戸がいきなり開いた。女が一人、立っていた。芳竹夫人だった。

林太郎は夫人と目が合ったが、悪い所を見たようですぐ目を伏せて、気まずい気持ちでそのまま通り過ぎようとした。

が、すぐに、

「若先生、待ってください」

と呼び止められた。

振り向くと、芳竹夫人は長屋から出てきて、

「お話があります」

と落ち着いた様子で路地を先に立って歩き始めた。

林太郎は黙ってついていった。やがて、夫人は木立の繁った小さな神社の境内で立ち止まった。

だが、夫人は言いにくそうに下を向いたままだった。

しばらくして、夫人は意を決した様子で顔を上げ、口を開いた。

「若先生にも、大先生にもご迷惑をおかけしています」

「いえ、迷惑など……」

林太郎はどう対処したものか迷っていた。

「名前や住所も名乗らずにご迷惑をかけました。わたしは芳竹世津《せっ》と申し、三ノ輪に住む判事、芳竹順市の妻です」

と言った。

「そうですか」

ただうなずくしかなかった。

「三ノ輪に住むわたしが、なぜあの三軒長屋に出入りするか。奇妙だとお思いでしょう」

夫人は林太郎を真っ直ぐ見つめた。

「あの長屋に庄太という男の子がいます。その父親は照治という左官職人なのですが、今、牢屋に入っています」

林太郎はその話をたった今、仙吉から聞いたばかりだった。

「その照治さんを裁いたのは、主人の芳竹順市です」

「えっ」

と言ったきり、林太郎は次の言葉に詰まった。

「それは照治さんの傷害事件の裁判なのですが、あるとき、わたしは照治さんの家は父子家庭と知ったのです」

それから、夫人は残された庄太が不憫《ふびん》に思えて世話をするようになったという。庄太はよくなついて、いつしか本当の母親のように接してきたのだった。

「しかし、夫が裁いた罪人の子の面倒をその妻が見ているなどと、夫、いえ、世間が知ったらどう思うでしょう。許される話ではありません。非難されて当然ですし、夫にも迷惑がかかります。そこで、誰にも内緒で長屋に出入りしていました」

「そうですか。しかし、わたしたちには名前や住所を話してもいいのではないですか」

「申し訳ありません。わたしの素性を知られるのが怖かったのです。過敏になっていました」

その過敏さが不眠やめまいの症状につながっているのだろう、と林太郎は推測した。

「夫には許されるはずがないですから、やめようやめようと思い続けているのですが、やめられなくて」

「庄太への同情が募ってきたのではないですか」

林太郎の想像だった。

「はじめはそうでした」

「はじめ？」

「時間が経つにつれ、庄太がなついてきて可愛さが深まり、やめられなくなりました」

なついてくる子どもの可愛さを、以前、賀古が話していた、と林太郎は思い出した。

「わたしは夫との間に子どもがいません。庄太を可愛がるのは、母親の気分を味わえて幸せでした。でも……」

非難されて当然です、と夫人はうつむいた。

「これからどうされますか」

林太郎はさりげなくきいた。夫人はおのれの自己満足を深く反省していると思った。

「夫に正直にすべて話します。庄太には会えなくなりますが……」

夫人は決断したものの、寂しそうだった。

「ご主人に許してもらえるといいのですが……」

それが林太郎の気持ちだった。

「ところで、なぜ盛り板を厠に吊るしたのですか」

林太郎はきいた。

「あまりにも汚れていたものですから洗ったのです。すると、庄太が父親のやり方を教えてくれたのです」

そう説明してから、

「長屋に戻ります」

と言って神社をあとにした。

それから十日ほど経って、芳竹世津が診察に訪れた。晴れ晴れとした顔つきに、林太郎はその後、芳竹夫妻の間でどのような会話が交わされたかを察した。

そして、いつも通りの診察を終えた。

最後に、必要ないと思いつつ、

「この前の薬はどうしますか」

ときいた。

「もらっていきます」

万が一のためです、と夫人は言った。

診察室をあとにする際、

「今日、帰りに三軒長屋に寄ってから三ノ輪に戻ります」

と言って頭を下げた。

風の便りに、千住南ばかりか、三ノ輪でも芳竹世津と庄太が手をつないで歩く姿がよく見受けられるときこえてきた。

第九話　決意の坂

一

この夜、森家の家族が食卓についていた。

静男が少し遅れて居間に入ってきて、食卓に並んだ料理を見回し、

「今夜はうずめしか。久しぶりだな」

とうれしそうに言って食卓に向かった。

森家の夕食は全員が揃《そろ》うと賑《にぎ》やかだった。林太郎が二十歳で、祖母、清《きよ》六十三歳、父、静男四十七歳、母、峰子三十六歳、弟、篤次郎《とくじろう》十五歳、妹、喜美子十二歳、末弟、潤三郎《じゅんざぶろう》三歳と大所帯だった。

静男が箸を手にし、

「いただきます」

の声で、全員の箸が動き出す。

森家で「うずめし」と呼んでいる料理は、津和野の郷土料理であるが、普通は「うずめ飯」で通っている。単に「うずみ」という家もある。

茶碗に煮しめた豆腐、椎茸《しいたけ》、人参など、それに、すりおろしたわさびを入れ、あとから飯を入れて埋める。味付けして刻んだ具材を飯で埋めるので、うずめ飯の名が付いた。ここにだし汁をかけて、ぶっかけ飯として食するのだった。

津和野の郷土料理ながら、各家庭でその家独特の味付けや工夫が施されていた。森家には森家ならではの伝統の味が引き継がれていた。

祖母の清は、箸につまんだ豆腐を見つめながら、

「違うなあ」

と言った。清に言わせると、同じ豆腐でも、津和野で作った豆腐と千住の豆腐は別物だった。水が違うからだと言う。

「やはり、お国と味が違う」

清は繰り返した。別物の豆腐では、別物のうずめししかできない。野菜や米も別物と言う。

清が、違うと言うのは当然かもしれないが、一方で、郷土自慢は祖母の口癖である。千住の料理をけなすことで、故郷を持ち上げているふしもあるのだった。

「また、お祖母《ばあ》様のお国自慢が始まった」

と子どもたちの声があがり、食卓は笑いに包まれた。森家のなごやかな団欒《だんらん》である。

林太郎はこの団欒の時間が楽しみだった。家庭の空気を体感できる大事なひとときである。十一歳のとき、林太郎は静男とともに二人だけで上京した。あとからほかの家族が上京するまでの一年間は、一家揃っての団欒はなく、寂しい思いをしたものだった。その体験以来、団欒の貴重さを肌で感じるようになっていた。

この日、久々にうずめしを堪能《たんのう》する森家の夕食はなごやかなうちに終わった。食後の茶を口にしながら、林太郎は、静男に、

「父上、わたしは明日の午後、小川町《おがわまち》に行ってまいります」

と言った。小川町とは、神田西小川町にある西周《にしあまね》邸を指した。

「そうか。西先生に会うのか」

と静男はきいた。

「いいえ、先生ではなく、紳六郎《しんろくろう》に久しぶりに会います」

会いたい旨を伝える手紙が紳六郎から届いていた。紳六郎は西家に養子に入った人物で、共に学んだ仲間だった。

「西先生に会えるかどうかは分からないな」

「ええ。分かりません」

「ついでだ。薬を持っていってもらおうか。どうも西先生は酒を飲み過ぎるきらいがある」

「そうですか。では、調剤を手伝いましょうか」

「いや、かまわぬ。明日、手渡す」

と言って、静男は自分の部屋に向かった。

すると、弟の篤次郎が、静男と林太郎の会話が終わるのを待ちかまえていたように話しかけてきた。

顔は林太郎に似ているが、子どもの頃からむっつりしている林太郎と違って、篤次郎は明るく敏《びん》捷《しょう》だった。頭の回転も速い。

「兄上、ドイツ語の辞書をお借りしたいのですが」

五歳年下の篤次郎は将来、医師になるべく、東京大学医学部への進学をめざして塾に通っていた。出来は林太郎を凌《しの》ぐとまで言われるほど優秀だった。後年、林太郎同様、東京大学医学部に入学する。

「辞書だけでいいのか」

林太郎は自分の部屋に向かいつつたずねる。

「ええ。辞書だけで結構です」

「そうか。どうだ、勉強のほうは。はかどっているか」

林太郎は部屋におさまるなりきいた。

「はかどっています。この前、兄上からお借りした冊子がたいへん役立っています」

冊子は雑誌や資料の必要な部分を切り取り、紙縒《こより》で綴じて束ねたものだった。林太郎が考案した、いわば自家製の資料集である。林太郎は書棚から辞書を抜き取り、篤次郎に手渡した。

篤次郎は辞書を両手で大事そうに受け取ると、何を思ったのか、

「今度、お祖母様と歌舞伎を観てまいります」

と言った。

「ああ。それは楽しみだな。行ってくるといい」

篤次郎に歌舞伎や芝居の面白さを教えたのは林太郎だった。二年前、篤次郎自身も喜んでいた養子縁組の話が、長兄の林太郎の独断により破談になった。ふさいでいる弟に何かしてやれないかと考え、芝居に連れていったところ興味をそそられたらしく、それ以来、観劇を楽しむようになった。趣味の種を播《ま》くことができて、兄として安堵《あんど》する思いだった。しかし後年、その篤次郎が「三木竹《みきたけ》二《じ》」の筆名で演劇評論家として一家を成すまでに成長するとは、このときは予想だにしていなかった。

「お祖母様も篤次郎と一緒なら心強いだろう」

高齢の清は観劇を一番の楽しみにしていて、孫と趣味が合っていることを喜んでいた。また森家としても、篤次郎が同行するので、安心して祖母を送り出せた。

「ところで、兄上、津和野の家は売れたのでしょうか」

突然何を言い出したのかと、林太郎は一瞬、篤次郎を凝視した。篤次郎は真剣な眼差しを向けている。

「いいや、まだだと思う」

森家の津和野の住居は、静男が上京を決断してから売りに出されていた。だが、いっこうに買い手がつかなかった。売却できれば東京での生活費の足しにもなり、少しは楽になるはずだった。

「そう、まだですか」

篤次郎はつぶやくように口にした。

「心配なのか」

篤次郎が実家の売却について関心を寄せているのは意外だった。

「いえ、わたしが心配してもどうなるものではありません」

「いやいや、自分の将来を考えるのも大事だが、森家の問題について思いをめぐらせるのも重要だ」

「分かりました。しかし、兄上ほどには、わたしはこの問題に真剣ではないかもしれません」

「考えるべきだ。おまえも成長しなければならない」

林太郎はいつになく真剣だった。

「はい」

と神妙に返事をして、篤次郎は部屋を出ていった。

その後ろ姿を見送りながら、嫡男である自分には、この十五歳の弟に自立への自覚を促す責任がある、と林太郎は自戒を込めつつ思いを新たにしていた。

二

翌日、林太郎は神田西小川町一丁目（現、千代田区西神田二丁目）にある西周邸を訪ねた。

紳六郎は玄関まで出てきて、

「久しぶり。林《りん》さん」

とうれしそうに迎えた。林太郎より二歳年上ながら、ずんぐりと丸みを帯びた体型の雰囲気そのままに気さくな人柄だった。

大名屋敷を西洋風に改築した玄関は広大で、森家の千住宅より数倍広かった。林太郎は懐かしさも手伝い、思わず玄関を見回していた。

応接間におさまり、二人はテーブルをはさんで向かい合って椅子に座った。床は絨毯《じゅうたん》が敷かれていて、壁には赤い化粧紙が張られ、明かり障子《しょうじ》は硝子《ガラス》戸に替えられている。小テーブルが硝子窓の下にあり、鏡付きの飾り物が置かれていた。部屋の隅には籐椅子《とういす》も用意されていて、万事が西洋風だった。

林太郎はあらためて部屋を見回し、

「懐かしいなあ」

と言った。日本ではまだ珍しいコンデンスミルクやコーヒーを口にしたのもこの家だった。

「思い出が詰まっていますからね」

紳六郎もいまさらのように口にした。

「紳六さんとこの家で一緒に過ごした日々が思い出されます」

西周の強い勧めがあって上京した静男と林太郎は、ひとまず向島小梅村《むこうじまこうめむら》に居を定めた。林太郎の進学のためにはドイツ語を学ぶ必要があり、本郷壱岐坂《いきざか》（現、文京区本郷一丁目）の進文学舎《しんぶんがくしゃ》に入学する運びとなった。だが通学するには向島は遠く、不便だった。そこで、親戚筋の西周邸に寄《き》寓《ぐう》することとしたのである。

寄寓生活は一年ほど続いた。

「林さんは本ばかり読んでいましたね」

紳六郎は外遊びが好きで活動的だった。

「夜分になっても読書している林さんは、義父《ちち》から何度も叱られていました」

それでも読書を止《や》めませんでしたね、と紳六郎は笑った。

「そうでした」

林太郎はうなずいていた。子どもの頃の林太郎は、鬼ごっこや駆けくらべをして遊ぶ仲間たちを冷眼視していた。大人ぶった、小賢《こざか》しいところがあるのを自覚していた。

林太郎は、父に頼まれて持参した薬を紳六郎に渡しながら、

「先生は今日、ご在宅ですか」

ときいた。

「義父は出かけていて、今日は遅くなると思います」

と紳六郎は言った。

紳六郎は徳川将軍の奥医師だった林洞海《はやしどうかい》の六男である。西家の養子となって、このとき築地の海軍兵学校に通っていた。

紳六郎は座り直すと、

「義父は昔に比べてこのところ、林さんをあまりよく思っていないようなふしが見受けられます。

何か心証を悪くするようなことがありましたか」

と言いにくそうにきいた。

「そうですか……」

林太郎は遠慮がちな紳六郎の言葉をきいて、紳六郎が義父と自分の現在の微妙な関係を敏感に感じ取っているのを知った。

林太郎はしばらく考えて、

「それは、おそらくわたしの成績が理由だと思います」

と言った。

「学校のですね」

「そう。卒業時の成績が八番でした」

「全部で何人いたのですか」

「二十八名です」

「それで八番ならよいではありませんか。わたしなど一桁に入れるかどうか……」

「お義父上には不満な成績だったでしょう。首席か二番を取らねばならなかったのです」

「なぜ二番までに？」

「官費で留学ができるのは二番までなのです」

「そうでしたか」

紳六郎は大きくうなずいてみせた。

「お義父上はわたしが留学できるものと思っていたでしょうから、八番には、正直、がっかりされたことでしょう」

期待を裏切り、申し訳ないことをしました、と林太郎は言った。

「それで義父が心証を悪くしたと……」

「間違いないと思います」

「そうですか。でも、それだけでしょうか」

と紳六郎はたずねた。

「それだけ、とはどういう意味でしょうか」

ほかに何かありそうだという意味なのか。

「林さんは卒業試験に備えて懸命に勉強したはずです。その結果が八番だからといって、成績だけで林さんを悪く思うでしょうか」

紳六郎はそう口にして、林太郎の反応を窺《うかが》うような素振りをみせた。

「確かに……」

と林太郎は応じて、どう答えたらよいものか思案した。

林太郎にとっても腑甲斐《ふがい》ない成績しか残せなかったのは、それなりの理由があった。痛かったのは、下宿が火災に遭ってノート類が焼失してしまった事件だった。勉学の足場を失ってしまった。しかしそれより深刻だったのは、肋膜炎《ろくまくえん》の罹患《りかん》である。病勢が進めば、肺結核という命にかかわる病気をかかえることになる。恐怖は募り、安心して卒業試験に臨める環境にはなかった。だが、それも今となっては言い訳でしかない。

「確かに、八番は仕方なかったとはいえ、留学は不可能になりました。これはお義父上に失望しかもたらさなかったはずです。怒りを覚えられても不思議はありません」

寄寓させていただいたご恩に報いられませんでした、と林太郎は慎重に答えていた。

紳六郎は黙ってうなずくばかりだった。だが、納得している表情ではなかった。

三

この日、往診から帰ってきた静男は居間に入って、

「林太郎はまだ帰ってこないのか」

ときいた。夕方の六時に近かった。

「まだです」

峰子が答え、

「こんな時間になる予定でしたか」

と逆に問いかけた。

「いや。それは分からないが、西先生に会っているのかな。会えば話も長くなるかもしれない」

「会えるといいのですが……」

「どうだろう。先生もお忙しい方だから」

「そうですか。それにしても、先生も心配してくださっているのですから、林《りん》の進路が何とか早く

決まるといいのですが」

峰子の心配はそこにあった。

「うむ。林太郎は何か考えているのかな」

「さて、わたしには分かりません」

「わたしは、林太郎をこのような小さな診療所に埋もれさせて、終わらせるつもりは毛頭ない」

静男はおのれに言いきかせるようだった。

「何でしたらわたしがきいてみますが」

「いや、それには及ばない。林太郎なりに考えているはずだ。ここはしばらく様子をみよう。一番悩んでいるのは、林太郎自身に違いない。昔から聡明だった彼のことだ、何か打開策を考え出すだろう」

「待つしかありませんね」

「そうだ」

静男が大きくうなずいたとき、玄関のほうで音がして、

「ただいま帰りました」

と林太郎の声がきこえた。

すぐに、居間に林太郎が入ってきた。

「ただいま」

と林太郎は言って、

「お土産《みやげ》にビスケットをもらってきました」

と紙の包みを峰子に手渡した。

「これはこれは、ありがたいお土産です。食後の楽しみが増えましたね」

峰子は包みを手にして楽しそうだった。

かたわらから静男が、

「西先生に会えたか」

ときいた。

「いえ、会えませんでした」

と林太郎は言った。多忙なのだろう、紳六郎が予想していた通り帰宅しなかった。

「そうか」

と静男は残念そうに応じると、

「先生への薬はきちんと置いてきたな」

と確認した。

「もちろんです」

林太郎は当たり前のことをきいてくる父に違和感を覚えていた。

「父上、先生に会ったほうがよかったのでしょうか」

と気になってきいた。

「いや、そうでもない。またいつでも挨拶できるだろう」

静男はそう言って、

「さあ、飯だ、飯だ」

と夕食を促した。

「はい、はい」

と峰子が台所に立っていった。

やがて賑やかな夕食が始まったが、林太郎は、西周に会えなかったと伝えたときの両親の落胆したような反応が気にかかっていた。

四

数日後、林太郎は西周に呼ばれて、ふたたび神田西小川町を訪ねた。

邸宅に行く前に、ぜひ寄ってみたい場所があった。西邸にほど近い本郷壱岐坂である。ここには、医学校進学のためにドイツ語を学んだ私立学校、進文学舎がある。

今、林太郎は壱岐坂の頂《いただき》に立っていた。幅およそ十メートルの坂道は、ほぼ一直線に長くなだらかに下っている。坂の左右には板塀や白壁、築地塀《ついじべい》、長屋門などが並び、武家屋敷の面影が残っていた。

坂下から初秋の爽やかな風が吹き上げてきて、林太郎の着物の裾を翻した。

——毎日ここを通《かよ》ったのだ。

西邸に寄寓しながら、この坂を通った九年前の日々が甦《よみがえ》ってきた。

春先には屋敷の海鼠壁《なまこかべ》の上に、椿が赤い花をつけていた。どこかで見た光景と同じだと思いをめぐらせ、それが故郷、津和野の武家屋敷のたたずまいだったと気づいたとき、足を止めてしばらく見入ったものだった。厳冬には激しく雪の降りしきる中、凍える手を袖の中におさめ、身体《からだ》を縮めて歩いた日もあった。

林太郎は坂道をゆっくりと下り始めた。左右の建物を、一戸一戸確かめるように見つめながら歩を進めた。塀の上を雀《すずめ》が群れをなして飛び交い、うるさいほどにさえずっている。

進文学舎は坂道の中間地点付近の四つ角にあった。

林太郎は表門の中を覗《のぞ》いて、武家屋敷をそのまま利用した学舎を見つめた。黒光りした玄関口に、『進文学舎』の看板が掛かっている。

通学していた日々がふたたび思い起こされた。

——ここで留学を決意した。

医学校に入り、首席になって留学を果たす、というのが夢だった。留学こそ、人生最大の目標であり、あらゆる栄達に通じる道だと信じていた。

その留学をすでに叶《かな》えた人物が母方の親戚筋にいる。ほかでもない、西周だった。幕末期に幕命でオランダに留学し、三年にわたって西洋の学問を修めて帰国した。西洋文明の紹介と導入に努め、今や啓蒙思想家の代表的な存在として知られる人物だった。

西周に倣《なら》って留学し、西洋の学問と叡知《えいち》を学びとって、わが国の発展に貢献し、一流の文明国に押し上げる。それがおのれに課せられた目標だと教えられてきた。この社会的な栄誉は、同時に、低迷している森家の再興につながるはずである。

そのためには、まず医学校に入学せねばならない。林太郎は周囲の期待によく応えた。ドイツ語の習得ぶりは目覚ましく、成績も群を抜いていた。

当時、一家をあげて上京したばかりの森家の家計は逼迫《ひっぱく》していた。林太郎が少しでも早く入学して好成績をあげ、貧窮家庭の子弟に対して施されていた学費軽減の措置にあずかるのが現実的な策だった。森家は林太郎の医学校受験を決めた。だが、東京医学校予科を受験するには、十四歳以上十九歳以下が条件である。林太郎はこのとき、まだ十二歳だった。そこで、二歳上乗せして記入した願書を提出し、難関の試験を無事通過したのである。

合格の報を伝えたとき、西周は、

「まだ先がある。気を抜くな」

と厳しい口調で戒めた。

手放しで喜んだ両親とは違っていたが、その言葉には林太郎の将来への大きな期待が感じられ、愛情が身に染みた。

林太郎は壱岐坂を下り終え、左折して南に向かった。

歩きながら、

——何だろう。

とあらためて、西周から呼び出されたこの日の用件について考えた。

この前、西邸で紳六郎に会ったとき、義父《ちち》があなたに対して良い心証を持っていないようだ、と話していた。

西周から入学時に、

「気を抜くな」

と注意されたにもかかわらず、卒業時の成績はふるわなかった。気を抜いたわけではないが、八番だったのは事実である。首尾よく留学できるものと期待していた周は失望しただろう。その話が蒸し返されそうで気が重かった。

林太郎は家から持参した手土産の包みを持ち替えた。祖母手作りのばらずしと、父が周のために処方した胃腸薬が土産だった。

やがて、林太郎は神田川に架かる水道橋を渡った。西邸のある神田西小川町一丁目はすぐその先だった。

林太郎の足取りは重かった。

五

西周はいつになく上機嫌で応接室にあらわれた。

手にした新聞を差し出しながら、

「わたしの講演の記事が出ているのだ」

と言った。

林太郎が紙面に目を落とすと、演壇に立つ周の写真が掲載されていた。西洋の教育事情に関する講演を紹介する記事だった。

読み終えてから林太郎は、

「おじ様、お久しぶりです」

と手土産を渡しながら、あらためて挨拶した。

「どうだ。元気でやっていたか」

周の上機嫌は続いていた。頭はきちんと整髪され、洋服を着ている。西洋思想の啓蒙家らしい、板についた着こなしだった。鼻の下には手入れの行き届いた立派な髭《ひげ》をたくわえている。見開いた目の眼光は鋭い。

林太郎は、三十三歳年上の西周の射るような眼差《まなざ》しが苦手だった。この視線に合うと、逃げ場のないような威圧感を覚えた。それは、西邸での寄寓生活中に起こった「インキ壺事件」以来のような気がしている。

周は西洋式の規律に厳しい人物で、時間や礼儀、言葉遣い、食事の作法などを正しく守るよう指導していた。

ある日、林太郎は周のそばでインキ壺を倒し、畳の上に落としてしまった。

そのとき、周はすかさず、

「何をしている、インキをこぼして。西洋人だったら汚した畳をすぐに弁償させるぞ」

と叱責したのだった。

林太郎は謝りながらも、内心、世界的視野の思想を紹介する大家が何と些細《ささい》な過ちを咎《とが》めるのか、器量が小さい、吝嗇《りんしょく》に過ぎる、と驚いた。だがすぐに、門弟に経済観念を植え付けるための叱責ではなかったかと思い直し、反省したものだった。

とはいえ、やはり周への苦手意識は拭えず、このたびの腑甲斐ない成績で、その感情はさらに募った。

そのとき、扉が開いて、使用人の女性がコーヒーとビスケットを運んできた。部屋に香ばしい匂いが充満した。

周はコーヒーを口にして、

「林太郎は父上の診療所を手伝っているというではないか」

ときいた。

「はい、学ぶことの多い日々です」

林太郎はそう応じつつ、コーヒーカップを傾けた。口中に満たされた、この苦い飲み物にはいつまでも馴染《なじ》めなかった。

「往診もやるのか」

「しています」

「そうか」

と周はうなずき、小さく溜《た》め息《いき》をついた。

そして、残ったコーヒーを飲み干してから、

「さて」

と椅子に座り直して、

「どうだ、進路は決めたのか」

と問いかけた。

林太郎はやはりこの話題かと、ばつの悪さを感じながら、

「まだです」

と答えた。

「いつまでも父上の診療所を手伝っていても埒《らち》はあかないだろう」

「そうなのですが……」

埒があかないことなど林太郎も重々承知していた。何とかせねばならないのである。

しかしその一方で、診療所を密に手伝ってみて初めて知ったのは、父の医療活動の根本にある気高い志だった。連日押しかける、ごくありふれた症例の患者でも、また逆にきわめて難しい病状の患者でも、まったく分け隔てなく常に全身全霊で向き合っている。これまでの林太郎自身は、何の変哲もない病気の診療には、ともすれば意欲も興味も湧かなかった。その意味で、父の態度は尊敬に値する。

もっとも、父の精神に学びつつも、このまま診療所生活に終始するつもりはなかった。

「まごまごしていると同期のみんなに遅れを取ることになる。ここが正念場《しょうねんば》だ」

周は少し間をおいて、

「そこでだ。陸軍に入ったらどうかと思う。これならわたしも援護できる」

どうだ、ときいてきた。

周は陸軍省の課長に就任した時期があり、また「軍人勅諭」の起草にも関わっている。明治新政府にとって欠かせない人物として重用されているから、陸軍への口利きも可能なのだろう。陸軍への仕官は友人の賀古鶴所《かこつるど》や小池正直《まさなお》も勧めてきている。周が自分の将来について心配してくれるのはありがたいのだが、一方で、操られているような感が拭えなかった。

考えてみれば、津和野を離れて上京したのも、医学校をめざして西邸に寄寓しながら進文学舎に通ったのも、西洋思想を学んだのも、いずれも周の力が働いている。そして今、陸軍への出仕を提案している。

——自分自身はどこにあるのだ……。

林太郎は自分の立ち位置をみずからが決定できないことに、怒りのような感情を覚え始めていた。その怒りは、目の前に座っている西周に対してではなく、むしろおのれ自身に向かっていた。

これが数年前の林太郎であれば、西周の助言におとなしく従ったかもしれない。しかしこのたびは、そう従順になれなかった。大学卒業後、自分の道は自分が切り拓《ひら》きたいという思いは、いよいよ強まるばかりだった。

——この思いはどこから来ているのだろうか。

林太郎には思い当たる一件があった。弟、篤次郎に関わる事件である。

二年前だった。篤次郎に養子縁組の話が持ちあがった。のちに子爵にもなる名門の河田家の当主が、利発な篤次郎を気に入ったのである。篤次郎も喜んで、縁組がほとんどまとまりかけたとき、河田家の親戚筋から財産譲与額について異論が出て、人を介してそれが森家に伝えられた。

その経緯と内容に激怒した林太郎は、河田家に乗り込んで弟の縁談を反故《ほご》にしてしまったのである。思わぬ展開に、篤次郎はしばらく悲嘆にくれていた。

林太郎は両親に向かって、

「このたびの破談は、わたしの独断によるものです。篤次郎のことについては今後一生、わたしが責任を持ちますから」

と宣言したのだった。

このとき、十八歳の林太郎は嫡男としての責任を深く胸に刻んだ。いずれ森家の家長を引き継ぐという強烈な自負が生まれた瞬間だった。

この良縁に期待していた西周は破談をきいて、静男を相手に、

「なぜわたしにまかせなかったのか。方法はいくらでもあったはずだ。林《りん》はまだ若いな」

と嘆いたものだった。林太郎を扱いにくい若者だと思ったに違いなかった。

今、林太郎は西周の提案に向かい合わねばならない。自分には陸軍入り以外の秘めた方策がある。だが、それはまだ周を相手に打ち明けるべき時期ではなかった。

林太郎は冷めた苦手のコーヒーをあえて口にしてから、

「陸軍に入れば留学できるものなのでしょうか」

と問いかけた。

「うむ、そこだ。要は働き方次第だ。軍内において優れた実績をあげれば留学の道は拓かれる」

すでに何人か留学している、と周は言った。

さらに続けて、陸軍も他の分野と同様、西洋の知識と力に学ばねばならない。それには列強諸国に留学し、その文明を摂取する必要がある。日本には憲法もなければ、議会も召集されていない。社会生活に必要な各種法律もまだ制定されていない、と話した。

初期軍制の整備に深く関与した周らしい認識だった。

「この国は近代国家としての体を成していない未完成な国だ。そこに、林太郎の活躍の場がある」

「普請中なのですね」

「そうだ。よい言い回しだ。わたしに続け。林太郎ならできる」

腕をふるってみろ、と語気を強めた。

林太郎は黙っていた。

「ただ、時間がない。気をつけろ」

と周は念を押してから、封筒を手にすると、

「この前、部屋を整理していたら出てきた写真だ。何枚も焼き増ししてあるから一枚持って帰れ」

と手のひら大の紙を林太郎に手渡した。

林太郎が上京して間もなく浅草で撮影した集合写真だった。周、静男など六名が写っている。

「よい返事を待っている」

そう言い残して、周は部屋を出ていった。

林太郎の舌先には、いつまでもコーヒーの苦い味が残っていた。

六

西周との話のあと、紳六郎と誘い合って外出した。

「久しぶりに、駿河台《するがだい》に行ってみましょうか」

林太郎の寄寓時、よく一緒に上った駿河台行きを、紳六郎は楽しそうに提案した。

「行ってみよう」

林太郎も懐かしくなった。

西邸から道路を渡って東南東のほうに向かえば駿河台である。高台に近づくと道は急に険しくなる。赤土が剝《む》き出《だ》しで滑りやすく、かつて紳六郎と何度も転げ落ちた急勾配だった。緩やかな坂道まで迂回《うかい》して上ればいいものを、なぜかいつも危険な坂道を選んでいた。

二人は高台の頂上に立った。眼下に西邸の立つ神田西小川町一帯が見渡せた。

林太郎が眼下に見入っていると、紳六郎が、

「この前、義父《ちち》が林《りん》さんに対して心証を悪くしているといいましたが、卒業成績のほかの理由が分かりました」

とまだ少し息を切らしながら言った。

「ほう、何だろう」

林太郎は篤次郎の養子縁組にまつわる一連のもめ事を、紳六郎がどこかできいたのかと思った。

「陸軍への進路ですよ、林さんの」

「陸軍の話か。それがどうかしたかな」

「義父は文部省からの留学が不可能となった林さんに、陸軍入りを勧めていると思いますが、林さんは承諾していないでしょう」

それがこの日の西周との話の核心だった。早々に決断するように迫られて終わった。

「義父はなぜ林さんが同意しないのか、不思議でならない様子です」

「不思議？」

周は怒りに近い感情を持っているようだったが、不思議に思うことはなかろうと林太郎は感じた。

「義父は林さんの父上と話して決めたことですから、なぜ同意しないのだろうと不思議に思っているようです」

――えっ、父が。

驚きが喉元《のどもと》まで出たが、寸前で押し止《とど》めた。

静男は周と相談していたのである。しかも、林太郎の陸軍入りを二人でほぼ決めていたようだ。

――陸軍入りは父の希望でもあるのか……。

知らなかった。迂闊《うかつ》だった。しかし親として息子の将来を思えばこそ、陸軍入りを考えるのは当然なのかもしれない。

林太郎は駿河台の頂で立ちすくんでいた。

坂道の下には、手前に猿楽町《さるがくちょう》、小川町、さらに広大な陸軍練兵場が続き、その先には後楽園の深い森が眺められた。二人にとって思い出深い、懐かしい風景だった。

ここに立つと、林太郎はいつも故郷の野坂峠を思い出した。

石見国《いわみのくに》津和野と周防国《すおうのくに》の国境《くにざかい》にあるのが野坂峠である。津和野から峠にさしかかる手前は急勾配だった。それが駿河台の急な坂道に似ているようで記憶が甦るのだった。

このとき、ふと耳の奥で父の声がきこえたような気がして、林太郎は耳を澄ませた。


明治五年（一八七二）六月、林太郎は十一歳のとき、父とともに上京するため野坂峠を越えた。

「この景色をよく見ておけ、林太郎。これが見納めになるかもしれない」

父は耳元でそうささやいた。

「えっ」

と林太郎は言葉の意味が理解できず、父を凝視した。

「見納めになるかもしれないのだ」

静男は繰り返した。普段ききなれた父の声と違って、こわばったような声音《こわね》だった。東京で未来を拓くための新しい生活が待っているはずなのに、父の声は心なしか暗く、悲しい響きがあった。

父の言葉に促され、林太郎は眼下の津和野の町を眺めた。樹木の間から、石見瓦の赤い家並みが見え、城下町が山間の盆地に沈んでいた。その中央を津和野川が流れている。

——こんなに小さいのか……。

自分の生まれ育った場所がこれほど狭隘《きょうあい》な土地だったとは知らなかった。幼い頃から、津和野川は渡るのに難儀な、危険極まりない大河だと思い込んでいた。

「どうだ」

と静男がきいた。

「小さな町ですね」

林太郎は感じたままを口にした。

「そう、小さいが豊かな町だ。だが、もう帰る場所がないのだ」

「どういう意味ですか」

父の低く、くぐもった調子に林太郎は思わず父の顔を見返した。

「家屋敷は売りに出した。この町に帰るところはないと思え」

父は子に覚悟を伝えた。

静男は上京に際し、背水の陣で臨んでいた。

幕末から廃藩置県を経て明治の新しい代《よ》が到来し、時代が急展開する中、静男は津和野という小さな町に留まる危うさを嗅《か》ぎとっていた。時代に取り残される焦燥感に駆られていたのである。その鋭敏な時代感覚は、幕末期に蘭学を学ぶために長崎に向かい、さらに江戸で松本良順《まつもとりょうじゅん》の塾に入門し、続いて佐倉順天堂に移って研鑽《けんさん》を積んだ経験から生まれていた。

学問を深く修めるには日本の中心地に行くべきだと痛感していたとき、東京にいる旧津和野藩主、亀井茲監《これみ》から主治医として雇い入れる旨の便りが届いた。静男はこれを千載一遇《せんざいいちぐう》の好機と捉え、上京を決意したのだった。

「津和野の町には何の恨みもない。だが、ここで埋もれてはならない」

静男は町を見下ろしながら言った。

林太郎はしばらく考えてから、思いきって、

「故郷を捨てるのですか」

ときいた。

「捨てるのではない。脱出するのだ」

夢を叶えるための出郷だとつけ加えた。

林太郎はなおも、十年余を過ごした眼下の町を見つめていた。

「故郷はあくまで故郷だ。われわれは永遠に石見の人間だ。これからも石見の人として生きる」

林太郎はそれを、退路を断った家長の言葉としてきいた。

——さらば、津和野……。

林太郎は胸の中でつぶやいていた。

静男と林太郎の父子は、このとき津和野を出国して以来、生涯、二度と津和野の土を踏む機会はなかった。野坂峠からの眺望は、二人にとって本当の見納めとなったのである。

七

そのとき、林太郎は自分の名前を呼ばれたような気がして我に返った。

今、駿河台の頂に立っている。

紳六郎が脇から、林太郎の顔を覗き込むようにして笑いながら話しかけた。

「林《りん》さん、まだ時間はありますか」

ときいてきた。紳六郎らしい、気さくな感じだった。

「ええ、あります」

まだ陽《ひ》は高かった。

「それでは、これから弥太郎塀《やたろうべい》まで行ってみましょうか」

紳六郎が楽しそうに提案してきた。

「行きますか」

林太郎は気やすく応じた。長い間、そこへ行っていなかった。

二人の間で「弥太郎塀」の呼び名で通っているのは、岩崎弥太郎邸の赤煉瓦塀《あかれんがべい》だった。西南戦争を機に巨大な富を築いた実業家で、三菱の創業者の岩崎弥太郎は、そのころ駿河台の東のはずれ、お茶の水に近い一画に邸宅を構えていた。

林太郎と紳六郎は勉学に疲れると、二人して駿河台を散策したものだった。気が向くと足を伸ばして、岩崎の広大な邸宅を囲む赤煉瓦塀をわざわざ触《さわ》りに行くこともあった。庶民には縁のない高価な煉瓦を惜しげもなく民家の塀に用いている。ここだけにしか見られない稀有《けう》なたたずまいだった。

この日、二人は久しぶりに赤煉瓦塀に手をすべらせた。

「懐かしいですね、林さん」

紳六郎は塀に触りながら言った。

林太郎もうなずきながら、煉瓦の武骨な感触に、西周邸で生活を共にしながら勉学に励んだころを思い出していた。「弥太郎塀」に手をすべらすのは二人だけの密かな楽しみだった。

久々の散策で思い出に浸った二人は、それから駿河台を一周して帰途についた。

林太郎は後年、紳六郎の実姉、貞《さだ》の娘、赤松登志子《としこ》と結婚するのであるが、もちろん、このときそのような奇縁が生まれるのを二人は知る由もなかった。

八

林太郎が紳六郎と駿河台を散策しているころ、千住では静男と峰子が茶を飲みながら語り合っていた。

この日は橘井堂《きっせいどう》医院の休診日で、静男も久しぶりにくつろいでいた。静男は気が向いたと見え、妻を相手に茶を淹《い》れた。国元では石州流《せきしゅうりゅう》で茶を点《た》てていたが、現在ではもっぱら煎茶《せんちゃ》を飲んでいる。

「林太郎は西先生と上手《じょうず》にお話しできたでしょうか」

峰子は茶を一口含んで言った。

「西先生から進路について具体案が提示されたはずだ。林太郎も今度こそ考えるだろう」

静男は両の手のひらにおさめた茶碗を眺めながら言った。

「方針が決まるといいのですが……」

峰子はそこを心配していた。

「林太郎は卒業の席次でつまずいたが、その後の考えが今一つ分からない」

と静男は言った。

「あの子は本当に賢い子です。栴檀《せんだん》は双葉より芳《かんば》しとは、林太郎のような子に使う言葉だと思っています。きっと正しい選択をするでしょう」

「確かに。今はわたしを手伝っているが、いずれ大きな場所でしかるべき仕事に携わるに違いない。だが、相手が個人であれ、組織であれ、国家であれ、事に臨む態度は同じであるべきだと考える」

静男は少し間をおいて、

「誠を尽くすことだと思う」

と言った。

「日々の診療を見ていますと、あなたの教育が林太郎に伝わっているのが分かりますわ。林太郎はあなたを尊敬しています。心配なのはあの子の健康です。この冬に肋膜炎に罹《かか》ったときは本当に気が休まりませんでした」

「そうだ。そこは注意しなければならない。三田尻《みたじり》のような話もある」

数日前に、静男の実家、吉次《よしつぐ》家から便りが届いていた。林太郎とクニとの婚約の破棄を求める内容だった。上京する静男と林太郎が津和野を発《た》ち、途中、防府の三田尻にある静男の生家に一週間滞在したとき、親同士が話し合い、林太郎と従兄妹《いとこ》で十歳のクニとの婚約を決めたのである。ところが、ここにきて姉のいうが重篤《じゅうとく》な病のため命も危なくなり、妹のクニに家を継がせなければならなくなった。そこで婚約を反故にしてほしいと伝えてきたのである。

「林太郎も医者を仕事にしている一人ですから、自分の身体《からだ》は自分が一番よく知っているでしょう。それが証拠に、肋膜炎も乗り切りましたから」

峰子は静男を安心させるように言った。

「医者にとって、健康体が基本であることは、林太郎も分かっているはずだ。それにしても破談は林太郎にとって驚きだっただろう。何が起こるか分からないのが人生なのだろうが、この大事な時期を乗り切ってほしいものだ」

「乗り切ると思います。でも、林太郎にこのところ笑いがないのが少し気になっています」

峰子は母親らしい懸念を口にした。

「そうか。林太郎も焦っているのかもしれない」

静男はうなずきながら茶をすすった。

林太郎が西邸から帰宅したとき、ちょうど夕飯の支度ができていた。一家揃っての夕食が始まった。三歳になる末弟の潤三郎は、目を離すとどこへ行くか分からず、食事中は賑やかだった。

「西先生はお元気だったか」

静男がさりげなく林太郎に問いかけた。

「はい、お元気でした。先生の記事が出ている新聞を上機嫌で見せてくださいました」

「そうか。それはよかった」

と静男は応じたものの、それ以上は何もきかずに箸を動かした。

林太郎も弟妹の前で自分の進路の話を持ち出すのは避けたかった。

話題はすぐに喜美子の遊び話に移った。友人と土手に咲いた野草を摘んで楽しく遊んだという。

すると、篤次郎が久しぶりに友人と興じた札遊びで大勝ちした話を自慢げに語った。

弟妹がたわいない話をするうちに、夕飯は終わった。

九

夕食後、林太郎は自室でしばらく調べものをしてから、居間に向かった。母が一人、裁縫中だった。

「父上は？」

と林太郎はたずねる。

「ご自分のお部屋におられると思いますよ」

峰子は手を休めて言った。

「そうでしたか」

林太郎は少し当てが外れて佇《たたず》んでいた。

「お父上に何か、ご用ですか」

「いいえ、用というほどではないのですが、西先生からいただいた写真があるものですから」

と林太郎は一葉の写真を差し出した。

西周がその写真を林太郎に渡した意味を、帰宅途上であれこれ考えた。単に気が向いたから焼き増ししたというのは理由が稀薄《きはく》である。おそらく、上京して一心に勉学に勤《いそ》しんだ、そのときの気持ちを忘れるな、精進しろ、と伝えたかったのだろう。一葉の写真に深い意図が感じられた。

「懐かしい写真ですね」

そう言いながら、峰子は写真を手にしたまま眺めていた。

六人の集合写真だった。上京後、林太郎が西邸に寄寓することになった記念に、浅草の写真館で撮ったものである。

林太郎は大型の写真機を前にして、これが文明の機器かと思ったのを記憶している。

正装した面々の中央には十一歳の林太郎が立ち、縁者が左右から取り囲むように西洋椅子に腰かけていた。左縁に陸軍大丞《だいじょう》、四十四歳の西周が、斜め後ろに護衛の従者を侍《はべ》らせ、紋付《もんつき》羽織袴《はおりはかま》で座っている。両足の上に両手を置き、太い眉の下で目を見開いている。オールバックの髪型もさることながら、西洋風なのは首に巻いた白い襟巻で、写真の中で一番目立っていた。その隣は、顎鬚《あごひげ》を生やした父、静男で三十八歳。

林太郎の右側は袴姿に革靴を履いた二十二歳の山辺丈夫《やまのべたけお》である。同郷人で津和野からの上京時に同行した人物。右縁には西紳六郎、十三歳が座っている。

そのとき、写真に見入っていた峰子が急に笑いだした。

「母上、いかがなされましたか」

林太郎は驚いていた。

「いえ、ごめんなさい。このおかっぱ頭が可愛らしくて、つい……」

ごめんなさい、と峰子はまだ笑いが止まらない様子である。

写真の林太郎はおかっぱ頭をわずかに右に傾け、あどけない表情だった。しかも、若君風に袴を穿《は》いて着飾っている。

――こんなに幼かったのか……。

林太郎は自分の写真ながら、恥ずかしさが先にたった。母がつい笑ったのもうなずけた。

「母上、ここを見てください」

と林太郎は写真に写った自分の帯のあたりを指さした。

「上京時に母上からいただいたお守りです」

帯の正面から大きなお守り袋を垂らしていた。

「覚えていますよ。大事なときに忘れずに付けていてくれたのだね」

峰子は昔を偲《しの》ぶように写真に見入っていた。

「ところで、母上」

林太郎は座り直して膝に手を置き、

「今日、西先生にお会いして、先生も父上も、わたしが陸軍に仕官するのを望まれていると知りました」

と切り出した。

そして、答えは決まっているに違いないと思いながら、

「それは母上も同じですか」

ときいた。

峰子はしばらく考えてから、

「わたしもそれがいいのではないかと考えています」

と言った。写真を見ていたときの笑いは消えていた。

母の言葉をそのまま胸におさめるには、少し時間が必要だった。

「林太郎はどう思っているのだい」

峰子がたずねる。

林太郎は頭を整理してから、

「西先生のように留学して新しい学問を究め、国家に貢献したいと思っています」

と答えた。

「そうですか」

峰子は応じて、

「でも、何も留学だけが立身の道ではないと思いますよ」

と言った。

「どういう意味ですか」

「無理をして、身体《からだ》を壊しては何にもなりません」

「それは……。それは気をつけます」

林太郎が肋膜炎で臥《ふ》せった時期があることを、母は重く受け止めているようだった。

「母上、留学の道筋は自分でつけたいと思っています」

林太郎は思いきってそう口にした。ただ、実現可能か否かが問題だった。

「林太郎の人生ですからね。林太郎がよく考えて決めるのがよいと思います」

「ありがとうございます」

「林太郎が何をしたいかが大事ですよ」

峰子は念を押した。

「分かりました。これから、父上と話してきます」

そう言って、林太郎は父の部屋へ向かった。

十

静男は小部屋で読書中だった。

「父上、少しよろしいでしょうか」

林太郎は控えめに問いかけた。

「ああ、かまわない」

と言って、静男は読みかけの本をうつ伏せにして卓に置いた。

「今日、西先生より、陸軍への仕官を勧められました」

「そうか」

静男はうなずいて、

「林太郎はどう答えたのだ」

ときいた。

林太郎は言い渋っていた。

静男は待ちきれなかったのか、

「林太郎はどうしたいのだ。西先生のご指導に従うのか」

と促した。

「一つ、考えていることがあります」

「ほう。何だね」

静男は身を乗り出していた。

「三宅秀《みやけひいず》医学部長に留学の件をかけ合ってみたいと思っています」

それは以前、賀古鶴所に話した策だった。

「医学部長……」

静男は意外だったようで、後の言葉が出なかった。

しばらくして、

「どんな方なのだ」

と問いかけた。

「七月に医学部長に就任した方です。医学部の基礎となったお玉《たま》ケ池《がいけ》種痘所設立に貢献した三宅艮《ごん》斎《さい》先生のご長男で、医学界に力があるという話です」

この年、東京大学は機構改革が行われた。加藤弘之《ひろゆき》が初代綜理となり、各学部に部長が置かれ、三宅秀は医学部長に就任していた。

「会ってみたのか」

「いえ、まだです。手紙を送っています」

「で、どうなのだ、脈は」

「分かりません。何度か出しているのですが」

返事はまだいただいていません、と林太郎は言った。直接かけ合えば道は拓けると信じていた。

「そうか」

静男は心なし落胆したようだった。

「可能性があるかどうかが問題だな」

「そうなんですが」

自分が考えついた案である。林太郎はこの可能性に賭けてみたいと思っていた。

「では、もう少し待ってみよう」

「ありがとうございます」

林太郎は深く頭を下げた。

やがて、静男は、

「いうまでもないが、わが家は裕福ではない。森家の将来は、ひとえに林太郎の信念と奮起にかかっている」

と静かな口調ながら重みを滲《にじ》ませた。

「分かっているつもりです」

林太郎は唇をかみながらうなずいた。

「人との出会いはありがたいものだ。わたしもいろいろな人に助けられてきた。林太郎も西先生や三宅先生とのご縁を大切にしないといけない」

静男は父親の顔で諭した。

林太郎は父の言葉を胸の奥におさめてから、

「それでは、失礼します」

とあらためて深く頭を下げて、部屋を辞した。


森林太郎が陸軍に仕官するのは、この年の十二月十六日のことである。陸軍軍医副に任じられ、東京陸軍病院課僚を命じられた。それまで、もうしばらく林太郎の将来への模索と町医者としての活動は続くことになる。

あとがき

森鷗外（本名、林太郎）には町医者をしていた時代があった。

父、静男が千住に開いた「橘井堂医院《きっせいどう》」を手伝い、鷗外が臨床に携わった唯一の時代だった。以後は、軍医として、徴兵検査や隊付勤務に就き、軍医総監にも昇りつめている。町医者となって一般市民の診療に関与したのは、生涯でこの時期だけである。

具体的には、明治十四年（一八八一）、東京大学医学部の卒業試験が終わった三月二十九日、さらには卒業が決まった七月九日から、陸軍省に出仕する十二月十六日までの数ヵ月間である。しかし、医学部在学中にも少しは父の診療を手伝ってもいたので、その期間を入れると、かなりの長期に及ぶことになる。

この〝町医者・森林太郎〟〝青年医・鷗外〟と呼べる時期は、みずからの進路が定まらず、煩悶している期間だった。卒業時の成績が予想外にふるわず、文部省からの官費留学の道が閉ざされたため、将来への不安と焦燥に駆られ、人生を模索する日々を送っている。

この時期の鷗外の生活を知る手段として、鷗外作品の『カズイスチカ』『ヰタ・セクスアリス』が参考資料となる。さらに、鷗外の妹、喜美子の記した『鷗外の思い出』『森鷗外の系族』も貴重である。

特に重要なのは『カズイスチカ』である。カズイスチカはラテン語で、「臨床記録。カルテ」を意味する。鷗外が数え五十歳のとき、明治四十四年（一九一一）に千住時代を回顧して発表した作品である。鷗外自身は「代診の真似事をしてゐた」と表現している。

この短篇には、落架風《らっかふう》（下顎脱臼）、一枚板《いちまいいた》（破傷風）、生理的腫瘍（妊娠）の三症例が紹介されている。いずれも、鷗外自身が町医者として実際に診療した症例と思われる。病名に雅名をつけたり、洒落《しゃれ》るあたり、いかにも鷗外らしい遊び心、センスが窺える。

本小説『鷗外 青春診療録控――千住に吹く風』では、それらの資料や鷗外作品を参考にしつつ、新しい青年・鷗外の世界を再構築することを試みたつもりである。

なお、本書では、年齢は数えで統一することにした。

本書は、『大塚薬報』（大塚製薬の医家向け広報誌）に、「町医者・森林太郎――鷗外青春診療録控」と題して現在も連載中の作品のうち、連載を開始した二〇一九年四月号から二〇二一年一・二月合併号までの九話分を、このたび加筆・改稿して単行本化したものです。

『大塚薬報』誌では、連載の機会を与えていただいた編集長・松山真理氏、編集部員の朝日美恵子氏にたいへんお世話になりました。

連載中、資料の提供やご指導をいただいた森鷗外記念会顧問・山崎一穎《かずひで》先生、東京都足立区で開業されている木村繁先生（木村耳鼻咽喉科医院院長）、秋葉哲生先生（千葉・あきば伝統医学クリニック院長）に厚くお礼を申し上げます。

また、本書編集過程において、中央公論新社・学芸編集部の宇和川準一氏には貴重な助言と示唆をいただきました。深く感謝の意を表します。

来年、二〇二二年は森鷗外没後百年の節目の年です。しかも、生誕百六十年にあたります。鷗外の魅力がさらに注目される年となりますよう祈りつつ筆をおきます。

二〇二一年七月

山崎光夫

主要参考文献

『鷗外全集』全三十八巻、岩波書店、一九七一～七五年

＊

小金井喜美子『鷗外の思い出』岩波文庫、一九九九年
小金井喜美子『森鷗外の系族』岩波文庫、二〇〇一年

＊

秋葉哲生『活用自在の処方解説——広い応用をめざした漢方製剤の活用法』ライフ・サイエンス、二〇〇九年
あさくらゆう「千葉さなについて」『足立史談』第五〇六号、足立区教育委員会足立史談編集局、二〇一〇年四月一五日
岩谷建三『津和野の誇る人びと』〈津和野ものがたり6〉津和野歴史シリーズ刊行会、一九六九年
木村繁「森鷗外・父静男と千住」足立医学会、一九九四～二〇一〇年
酒井シヅ『日本の医療史』東京書籍、一九八二年
武智秀夫「鷗外の父、森静男のこと」『図書』一九九四年一〇月号
多田文夫『森鷗外と千住』〈史談文庫6〉足立区郷土史料刊行会、二〇〇八年
苦木虎雄『鷗外研究年表』鷗出版、二〇〇六年
長谷川泉編『森鷗外の断層撮影像』〈『國文學　解釋と鑑賞』臨時増刊号〉至文堂、一九八四年

平川祐弘編『森鷗外事典』新曜社、二〇二〇年
森静男百年忌実行委員会編『鷗外の父 森静男の生涯』森静男百年忌実行委員会、一九九五年
矢内信悟「森鷗外と佐藤元萇の千住に於ける関係について」『鷗外』一〇九号、森鷗外記念会、二〇二一年六月三〇日
山崎一穎『二生を行く人 森鷗外』〈日本の作家36〉新典社、一九九一年
＊
警視庁史編さん委員会『警視庁史』第一・明治編、警視庁史編さん委員会、一九五九年
順天堂編『順天堂史』上・下巻、学校法人順天堂、一九八〇・一九九六年
東京大学医学部創立百年記念会・東京大学医学部百年史編集委員会編『東京大学医学部百年史』東京大学出版会、一九六七年

東京都足立区千住の「森鷗外旧居橘井堂跡」碑　周辺地区の再開発にともない一時撤去されていたが、2020年12月、現在の場所（千住1−30−3）に設置された（2021年6月撮影）

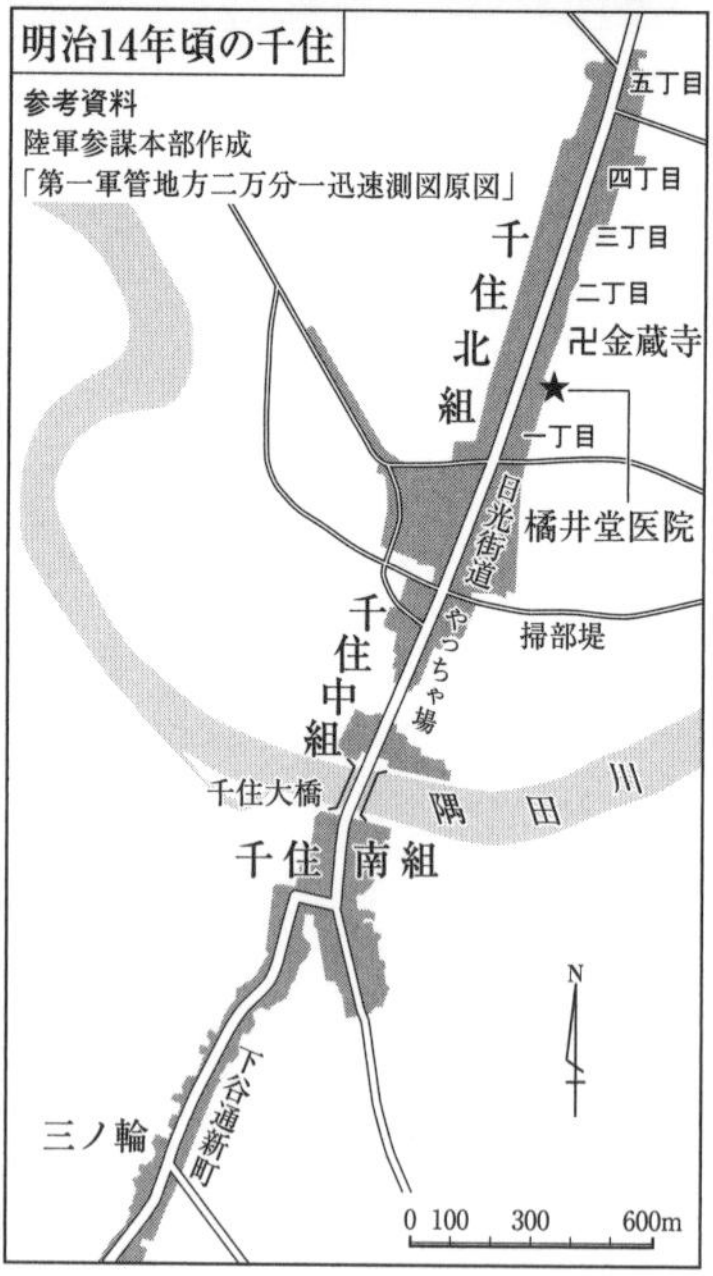

卒業試験終了記念　左より井上虎三（のち佐藤尚中の養子となり佐藤佐と改名）、森林太郎（鷗外）、小池正直、片山芳林（文京区立森鷗外記念館所蔵）

装画　川上澄生「むすめ一人にむこ八人」（表1）
「ランプとジョッキ」（表4）
（いずれも鹿沼市立川上澄生美術館所蔵）

装幀　中央公論新社デザイン室

山崎光夫（やまざき・みつお）

1947年、福井市生まれ。早稲田大学卒業。放送作家、雑誌記者を経て小説家に。1985年『安楽処方箋』で小説現代新人賞、1998年『藪の中の家 芥川自死の謎を解く』で第17回新田次郎文学賞を受賞。医学・薬学関係に造詣が深い。小説に『精神外科医』『風雲の人 小説・大隈重信青春譜』『小説曲直瀬道三 乱世を医やす人』『北里柴三郎 雷（ドンネル）と呼ばれた男』『殿、それでは戦国武将のお話をいたしましょう 貝原益軒の歴史夜話』など多数。ノンフィクションに『戦国武将の養生訓』『薬で読み解く江戸の事件史』『胃弱・癇癪・夏目漱石 持病で読み解く文士の生涯』『明治二十一年六月三日 鷗外「ベルリン写真」の謎を解く』など。

鷗外《おうがい》青春《せいしゅん》診療録《しんりょうろく》控《ひかえ》
——千住《せんじゅ》に吹《ふ》く風《かぜ》

2021年 8 月25日　初版発行

著　者　山《やま》崎《ざき》光《みつ》夫《お》
発行者　松 田 陽 三
発行所　中央公論新社
〒100-8152　東京都千代田区大手町1-7-1
電話　販売 03-5299-1730　編集 03-5299-1740
URL http://www.chuko.co.jp/

ＤＴＰ　今井明子
印　刷　図書印刷
製　本　大口製本印刷

Published by CHUOKORON-SHINSHA, INC.
Printed in Japan　ISBN978-4-12-005458-7　C0093

山崎光夫著

殿、それでは戦国武将のお話をいたしましょう

貝原益軒の歴史夜話

『養生訓』の著者として知られる貝原益軒（一六三〇〜一七一四）は、福岡藩に儒者・藩医として仕えた。博識多才で知られ、晩年に著した『朝野雑載』には戦国時代のエピソードが満載されている。本書は、そこに記された戦国武将に関する興味深い逸話を素材として、益軒が第三代藩主・黒田光之に千夜一夜物語風に語り聞かせるスタイルに仕立てた「戦国コント（小話）集」である。

単行本

山崎光夫 著

北里柴三郎

雷《ドンネル》と呼ばれた男

新装版 上下

第一回ノーベル賞を受賞するはずだった男、北里柴三郎。その波瀾に満ちた生涯は、医道を志した時から始まった。ドイツに留学し、「細菌学の祖」コッホのもと、破傷風菌の純粋培養と血清療法の確立に成功。帰国後、私立伝染病研究所を設立し、香港の現地調査によりペスト菌を発見、やがて私財を投じて北里研究所創立へ……。日本が生んだ世界的医学者の生涯を活写した伝記小説。

中公文庫